搁在南方春雨里的诗笔
——戴希文学作品评论集

◎本书编写组 编

北方联合出版传媒（集团）股份有限公司
春风文艺出版社
·沈阳·

图书在版编目（CIP）数据

搁在南方春雨里的诗笔：戴希文学作品评论集 / 本书编写组编. — 沈阳：春风文艺出版社，2024.2（重印）
ISBN 978-7-5313-6298-2

Ⅰ.①搁… Ⅱ.①本… Ⅲ.①中国文学－当代文学－文学评论－文集 Ⅳ.①I206.7-53

中国版本图书馆CIP数据核字（2022）第144954号

北方联合出版传媒（集团）股份有限公司
春风文艺出版社出版发行
沈阳市和平区十一纬路25号　　邮编：110003
三河市嵩川印刷有限公司

责任编辑	韩　喆　平青立	责任校对	陈　杰
装帧设计	四川悟阅文化传播有限公司	幅面尺寸	145mm×210mm
字　　数	208千字	印　张	8
版　　次	2023年1月第1版	印　次	2024年2月第2次
定　　价	48.00元	书　号	ISBN 978-7-5313-6298-2

版权专有　侵权必究　举报电话：024-23284391
如有质量问题，请拨打电话：024-23284384

目 录

CONTENTS

戴希文学作品评论

002　戴希小小说叙事的智慧 / 刘海涛

005　入世与出世 / 汪苏

008　戴希微型小说中的境界、意境与人生百态 / 洪威雷

012　坚守与求新
　　　——戴希小小说集《其实很简单》印象 / 郭虹

015　人生有戏　戏有人生
　　　——略论戴希微小说的戏剧性效应 / 郭虹

019　善德精神的文学窗口 / 李晓东

023　"烟火气"与"正能量"
　　　——简评戴希小小说集《柳暗花明》的创作特色 / 白庚胜

028　伟大时代的吉光片羽
　　　——戴希小小说集《柳暗花明》读后 / 邱华栋

032　小小说创作的另一重抵达
　　　——简评戴希小小说集《柳暗花明》/ 王瑜

035　对社会现实的积极介入与思考
　　　——戴希小小说印象 / 杨晓敏
038　担一份良知，抒一份真情 / 李运抟
042　解读戴希的微型小说 / 顾建新
046　多媒体时代的文学传达
　　　——评戴希的小小说创作 / 桂青山
057　搁在南方春雨里的诗笔
　　　——评戴希微型小说集《爱的谎言》 / 张文刚
060　浅谈戴希小小说的当代性品格 / 郭虹
067　丰富的情感世界
　　　——评戴希散文集《释放心情》 / 彭其芳
070　浅论戴希小小说创作的意义 / 高军
074　把日子酿成诗　把诗过成日子
　　　——序戴希诗集《黑鸟》 / 郭虹
081　在微小说创作之路上执着前行
　　　——小记作家戴希 / 胡秋菊
085　以文字之光，折射生活的万花筒
　　　——读戴希小小说《画家与商人》等新作有感 / 李亚民
088　戴希和他的写作新尝试 / 冷清秋
093　戴希微小说的情节技法与人性创意 / 刘海涛
095　历史题材中的人性创意
　　　——戴希历史微型小说的创作方法 / 刘海涛

098 对生活的深情凝视
　　——评戴希诗集《凝视》 / 汪苏
101 论戴希微小说语言的张力 / 汪苏　姚辉艳
108 人性与作品的无缝对接
　　——对小说名家戴希刊于《小说选刊》2018年第8期
　　的三篇微小说的感想 / 余清平
111 戴希微小说集《儿女》评述 / 余莉
117 不断"发现"的"新与奇"
　　——读戴希微小说集《发现》有感 / 张联芹
120 游走于大千世界　归隐于碌碌红尘
　　——戴希小说作品浅析 / 张联芹
123 碧波深处有珍奇
　　——简评戴希闪小说集《知道我是谁》 / 杜荣侠
126 以深情之心爱着尘世
　　——读戴希微小说集《没有结局的结局》 / 王举芳
129 一颗燃烧的诗心
　　——读戴希诗集《凝视》 / 王举芳
133 亦庄亦谐　妙趣横生
　　——戴希诗歌集《凝视》探赏 / 郭虹
137 在美丑之间
　　——浅析戴希小小说两题 / 郭虹
141 论戴希微小说中的人性观照 / 袁天平

146 妙笔融情，意韵悠长

　　——品读戴希诗集《黑鸟》有感 / 欧阳华丽

152 一朵暖色的向阳花

　　——戴希微小说集《发现》印象 / 简媛

155 言有尽而意无穷　于无声中见有声

　　——论戴希微小说的空白艺术 / 袁天平

160 戴希：情感与关系的现实把控 / 聂茂　陈雅如

戴希小小说代表作

170 每个人都幸福

173 死亡之约

177 儿女

181 因为母亲

184 特别赏赐

188 其实很简单

191 啊，太阳

194 孝的演绎

197 那时

199 追车

附录

204 论武陵微小说中的传统文化品格 /
　　课题组人员：潘宁峰、郑宇、周琪、卢易环、夏思思
　　指导老师：汪苏

209 武陵微小说特色论 / 汪苏

214 问渠那得清如许　为有源头活水来
　　——《武陵优秀文学作品选》点评 / 郭虹

223 庐山面目纵横看
　　——写在《武陵小小说经典》（汉英对照）出版之际 / 郭虹

235 常德已成为全国小小说重镇
　　——《常德优秀小小说选》序 / 杨晓敏

239 小小说的创作群体与艺术个性
　　——常德市武陵区小小说作家群论 / 刘海涛

戴希文学作品评论

戴希小小说叙事的智慧

刘海涛

  戴希的小小说创作时间虽不长,但作品数量多,质量也高。他的作品立意积极健康,旨在挖掘生活中体现正能量和主旋律的真善美,《其实很简单》和《每个人都很幸福》就是典型代表。一个平时在单位胆小谨慎的小伙子,突然一反常态,与歹徒做拼死搏斗。记者事后想探究英雄的心理时,小伙子坦率地说:"不能让自己才六岁的小毛孩看不起。"这种"英雄动机"的表白虽然出乎人们的意料,却丰满地写出了真人、真性格,也将我们多年来抬高了的英雄放回大地上。在《每个人都幸福》里,苏浅智慧地开导、帮助一群残障儿童,教他们如何看待和理解自己的幸福。小说"每个人只有一点不幸,却有许多意想不到而又弥足珍贵的幸福"的立意,道出了普通人解码幸福的秘诀。

  小小说深刻的哲理立意不是靠几句哲理语言就能创立,而是需要通过具体的细节来做诗化的概括和象征描写。《装修》同样生动、精彩地探寻了普通人的"阳光心态"。木匠、漆匠、瓦匠三人,每人都有自己坎坷的人生道路和艰辛的家庭生活。戴希生动、细致地再现了他们快乐工作的场面和神情,三人的"阳光心态"也给了故事主人公强烈的心灵冲击和人生启迪。《最好最珍贵的东西》将"阳光心态"做了隐而不发的阐释。阿斐忌妒同窗密友范小雅的婚姻,痛恨牧野背叛了自己,在范小雅和牧野的婚礼上,阿斐给他们的新婚礼物竟是"一双脏兮兮、臭烘烘的破胶鞋",而范小雅回赠她的礼物却是"精美绝伦、吉祥慈善的玉佛",两人都称是把"最好最珍贵的东西"送给对方。美与丑的人性内涵在这个故事中被具体地表现出来。

如果说《装修》《最好最珍贵的东西》写了当代人的"阳光心态",那么《死亡之约》则写了唐太宗在盛世时的"阳光心态"。他相信那三百九十个死囚在人性深处仍有着敢赴"死亡之约"的诚意,这个"阳光心态"导致他换回了三百九十个死囚的忠心。戴希用这个小小说深刻阐释了大国和盛世时应有的心态、胸怀。

情节方面,戴希的作品大都故事性强、可读性强,其情节模型和炼铸情节的技法非常值得我们解剖。戴希能够抓住人物的偶然行为和违反生活常态的个别行为,在此基础上做突出渲染的"小小说之果"。顺着"小小说之果"来追寻"小小说之因"时,我们发现,这个"小小说之因"已经预先让读者全都知晓,而故事中的人物并不知晓,这样,"读者全知道"与"人物不知道"的戏剧性对比便产生了特定的阅读情趣。如《金戒包在饺子里》,妻子掉了金戒并以为金戒被包进了饺子里,最后,丈夫告诉她,金戒没有包进饺子里而是被他藏起来了。这个故事的情趣来自,男主角知道结果,而读者和女主角都不知道这个"果"。当这个"果"被揭示时,男主角的个性和故事的独特情趣才得以展现。这种"人物知道,读者不知道"的叙述模型常常是悬念式小小说采用的叙述策略。

戴希有时也会在故事的最后,通过特定的人物心理展现"小小说之因"。《男人的心》的"小小说之果"是,丈夫杨邪以前陪妻子逛商场像做作业一样被动、潦草,而现在却像寻宝似的主动、热心。戴希在叙述时抓住了一个生活中的偶然因素,即当杨邪陪妻子进商场时，突然发现一个小偷准备抢苏笑嫣的包，于是，杨邪一改过去的"被动"变成了"主动"。这篇小小说的情趣便是来自"读者知道"而小说"人物不知道"。

在情节设置上，"读者和小小说人物都不知道这个因，而到故事结尾时，读者和小小说人物共同恍然大悟"。在《脸面》中，主人公商震被强盗曲有源在大街上抢了钱。商震报案说曲有源抢了他两万元，而曲有源说没有。法院最终判了曲有源三年有期徒刑。故事进展到一半，违反常理的事情出现了：商震每年都拿上好的烟酒去看望坐牢的曲有源。其中的原因读者不知道，而商震自己心里清楚：当初他被抢的钱其实只有一千元。直到最后，戴希才通过商震的心理活动，揭示出"人物知道，读者不知道"的更深层的秘密：商震看望曲有源的礼是别人送的，他没花一分钱，只是借花献佛；曲有源被他感动后，永不翻案，商震因此安全了。商震以德报怨的善行散布出去后形成了良好的口碑。这三条，才是商震真正的、更深层次的行为动机。所以，《脸面》的讲述模型为：人物知道，读者不知道→人物知道，读者知道一部分→人物知道，读者最后才全知道。

戴希的小小说故事之所以扣人心弦，是因为其悬念的揭示过程是"层层剥笋"的。他让你在了解部分真相后会吃一惊，而让你在了解全部真相后更会大吃一惊。这就是戴希小小说故事叙述的智慧和技巧。

（原载2013年8月16日《文艺报》）

作者简介：刘海涛，世界华文微型小说研究会副会长，教育部"微文学与新读写"课题组负责人，湖南科技学院特聘教授，岭南师范学院基础教育研究所所长、教授。

入世与出世

汪苏

戴希的新集子冠名《死亡之约》，耐人寻味。如果要问读完这本小小说集最大的感受，我认为它体现了作者超越各种情感的一种不寒而栗的"冷"。这冷在于眼光，不加入个人思想和价值判断，冷眼旁观，如冷镜返照。这冷在于语调，平铺直叙，看似冷言冷语，不夹杂旁白修饰，如冷月无声。这冷更在于态度，剥离了主观感情，专注于故事文本的呈现，游离于思想和观念之外，如空如虚，如冷风过境。

冷眼旁观的视角在很多批判现实主义作品中都有比较集中的表现，作家在作品中往往不直接表达个人的情感、思想和态度，只是用一种独特的眼光、视角，从社会生活中捕获一些情境抑或矛盾对立，给读者一个全新的思路。在很多情境下，这种独特的视角也是作家要传递给读者的思想。因此，眼光和视角在很大程度上代替了话语观点向读者说话，作家以冷静的姿态表达对社会假恶丑的不屑或与之决裂的态度，当愤恨和悲恸达到无声的境界之时，震荡在读者心中的情感也往往能够荡起强烈的余波。

戴希的小小说继承了批判现实主义的冷视角，但又有些许不同，因为传统的批判现实主义是带着思想和情感去捕获一些人物和事件的，这种冷的视角背后有明显的价值观，或是批判，或是嘲弄，或是悲悯。戴希则不同，他的作品中的冷视角更多表现为一种不加渲染的瞥见，一种不假思索的捕捉，他的作品呈现的是一个静止的、仿佛与己无关的世界。这种视角带给读者的信息有两个方面，一方面是文章在解读上的多样性和多重性，另一方面是批判上的更加深刻和延长。解读的多样性和多重性表现在读者一般猜不透作家的真正用意，而单从文本方面我们可以有不同版本和理解，可以说，作家在十字路口用略带麻木的眼光瞥见了一些麻木的人和事，而读者跟随这种眼光来到了十字路口，则可以根据作家提供的视角从不同的方向寻找不同的答案。这使得作品在艺术方面达到了一个新的高度。这一点在作品《玫瑰与仙人掌》中得到了很好的体现。作者用寥寥几十字完成了惊鸿一瞥，作品中仙人掌以丑为美，向玫瑰进行了种种控诉，而玫瑰却只是嫣然一笑，至此，文章戛然而止。这给读者太多想象的空间，并能解读出不同的版本。这种不夹杂明确思想的冷眼旁观也在批判上让小小说这种简短的文学样式表现出较强的批判力度。戴希在小小说中用"冷视角"关照现实，让这一批判现实主义利器发挥了别样的作用。

如果说冷视角构建了戴希小小说思想体系的话，那么冷的语调则填充了戴希小小说的艺术轮廓。戴希作品中的语言表现出朴素、平实、中立和简短的特点，着笔清淡，冷语相加，给人以震撼。戴希的冷语之冷，不在于他的冷嘲，而是读者读到深处，觉得应该批判和嘲弄之时，戴希却依然如我，事不关己，冷漠地讲述着故事，更有甚者，作家还在理应批判和嘲弄之处反其道而行之，站在事情的丑恶面做一种恶人先告状类型的反驳，令人感到如寒流侵袭。作品《今儿个高兴》可谓一波三折，作家自始至终都隐藏在话语背后，没有表达明确的思想意图。在理应批判时，他更加入戏地选择了叙述和赞美，给人以不寒而栗的冷，真是"本应直中曲，他却曲中直"的巧妙。

当文学沦为纯粹的消费品，小小说实在像一根救命稻草，表达一种立场，临摹一种集体无意识的尴尬。戴希不愧为驾驭小小说的高手，他的很多作品，剥离了作家个人作为叙事主体在文本中的思想和情感，用一种"冷的态度"去处理作品的主题，让文章更简短通俗，也更为深刻直接，更易被消费时代的读者所接受。戴希作品的"冷态度"并不是没有态度，事实上，他的多部作品之间互相印证，表达了明确的态度，这种态度就是批判现实主义的态度。而我们这里所说无态度是戴希作品在态度明朗化的基础上实现的不表态，和在某些峰回路转的情况下的态度多样化，把原本简单的故事深刻化，把原本单纯的故事衍生演进，从而引导读者进入思考，给人一种关于心灵的叩问，一种心痒无处挠的悬念。戴希的作品都是入世的，而意念却又都是出世的。人们所能看到的，是他在批判、嘲弄、讽刺、冷漠后面所隐藏的文化拷问。

（原载2014年4月28日《文艺报》）

作者简介：汪苏，湖南文理学院副教授，长期从事写作学和文学评论研究。

戴希微型小说中的境界、意境与人生百态

洪威雷

读戴希的作品,能从字里行间看到他在追求以真引美臻于善的境界。他的《每个人都幸福》,就是具有这种境界的代表作。

小说中的苏浅老师教的是一群先天性残疾的孩子,有的双目失明,有的双耳失聪,有的双腿残疾,有的不能说话,无一不感到悲哀、沮丧与凄凉。怎样让他们振作、乐观起来?苏老师让每个感到不幸福的孩子把对幸福的渴望讲出来,一一写在黑板上。盲童孙方杰认为幸福就是能睁眼看世界,耳聋的许敏认为能耳听八方就是幸福,双腿残疾的余笑忠认为能自由行走就是幸福,不能说话的李南认为能开口说话就是幸福……苏老师"噙着泪光"告诉孩子们,你们每个人只有一点不幸,却有许多意想不到而又弥足珍贵的幸福。苏老师的话仿佛一把神奇的钥匙,不仅打开孩子们沮丧、悲哀的心扉,而且开启了孩子们乐观向上的人生境界。假以时日,孩子们掌握着这把打开心灵的"神奇钥匙",就可以直面人生中的任何艰难险阻,乐观而又勇敢地走向社会。

无论是《最好最珍贵的东西》中的范小雅以怨报德,还是《装修》中的"我"不仅把房子装修得好好的,还好好地"装修"了自己

的心灵；无论是《龟兔紧紧地抱在一起》的"双赢"，还是《那次化学考试》中石老师善意的欺骗，抑或《良心》中我的困惑，等等，无不是作者追求至善至美的高尚道德和崇高精神的展示。由此，可以看到作者对社会发展、人的生存境遇及精神状态保持着热情关注，以独到的观察和深刻的思考关怀着道德、灵魂和生存，表达出一代人的社会责任和人性的闪光。作品中的隐喻和召唤性特点，常常是通过可以直观的形象画面，传递出深远的意蕴。

戴希的"写境"实为"造境"，在境中表意，在境中藏情，将境与情、情与理、形与神有机融合，相互渗透。我们从中亦看到作者在雕琢琐碎社会生活的同时，表达出自己对理想、责任、尊严、情义、忠诚的深刻理解，同时提醒读者记住中华民族的美德：情义、希望、礼仪、尊严、守信、感恩、忠诚、勇气、怜悯之心和牺牲精神。

《死亡之约》取材于历史，唐贞观七年，钦定三百九十名死刑犯回家看望父母妻儿，并于来年九月初四返回朝廷伏法。这一决定的本身极富人情味，并造成悬念，引发趣味，他们真能守信自愿返回被斩吗？可罪犯们居然没有一人爽约，尤其是徐福林抱重病返狱，让读者看到了"以真情换取守信"的道理。行文至此，作者并未罢手，接着叙说贞观十四年西域叛乱，三百九十名被赦的囚犯自愿请战，在战斗中血洒疆场，壮烈殉国，读后韵味深长。从真情换取守信，从守信上升为忠心，引人思索、回味。从"人头攒动""欢呼雀跃"的场景中，从围观人群"目瞪口呆""踮起脚张望"的群体形象中，从"冲锋陷阵""英勇杀敌"的画面中，感受到了情与法、法与理、形与神的完美统一。这种统一，在《借个男友陪病父》《里程碑》《只是一个传说》《母亲的杨柳枝条》等篇章中，均有很好的体现。

读戴希的作品，读者不仅能看到他在现实生活中抓场景、抓瞬间、抓人物内心一闪念的机智和本领，而且看到了作者在尺幅之内叙述人生百态的穿透能力。

《危房》只有一千三百多字，记述岌岌可危的村小学校舍状况，背后的问题在读者心中留下了长久的"余震"，读后的沉重感久久无法散去。微型小说的神奇魅力，就在于它像梦中被人叫醒，所谓一句惊醒梦中人，所谓感同身受，大抵也同此理。作者的深度思考和事件本身的思想、意义隐藏在平面叙述之中。

戴希在尺幅之内，不仅将过去职场中的官僚主义和形式主义揭露得活灵活现、入木三分，而且将社会上的"公文旅行""批示"陋习，讽刺得无所遁形。字里行间所隐藏的反讽，使乍看较为严肃的题材带上一丝滑稽与俏皮，令人会心一笑，其批判性的艺术效果却不减丝毫。这种以小见大、见微知著的取材眼力和犀利的描述，给我们留下了深刻的印象。

海明威说过，在奢华浪费的年代，我希望我转向世界表明，人类真正需要的东西是多么微小。写作者更能领悟到这一点，写作的意义就在于抓住这"微少"中的"些微"。在戴希的作品中，无论是《请进包房》中的中国游客边吃边喝边猜拳的举止，还是《装修》中几位农民工"西装笔挺、领带飘飘"，《警车开道》中史蒂文"暴跳如雷冲下车"；无论是《笑》中千主任见墨局长的"毕恭毕敬"，还是《艺术品》中"P市长的愁眉不展"，《都赢了》中小秦的"扬扬自得"，抑或《秘密约定》中"拍桌子"的A书记，等等，都准确地勾勒出现实社会中人生百态的"些微"，将社会中种种风气呈现在读者面前。

当代微型小说写作，在没有巨大灾难和重大事件的背景下，最考验作者对"些微"的捕捉和发掘。作者只有将社会生活中的"些微"视为社会整体的一部分，才可能从不同侧面、不同层次、不同人群中去全面而准确地把握社会的发展和变化，穿透变迁中的现状，进而捕捉时代的精神症候，洞察人性中日益复杂的真善美和假恶丑，并以人道主义和底层情怀去深入揭示其根源。戴希把气象万千的社会和人生百态，写得如此简约而又丰富，写得如此节制而又风生水起，有赖于他独到的眼力和忧患意识、社会责任感。

（原载2016年4月1日《文艺报》）

作者简介： 洪威雷，中国应用写作学会会长，湖北大学政法与公共管理学院教授。

坚守与求新
——戴希小小说集《其实很简单》印象

郭虹

戴希的小小说以其多样的题材、鲜明的主旨形成了自己的风格，在当代文坛上奠定了自己的地位。他的"在场性"表达决定了对历史、对现实的审视深度，也决定了他作品的价值。这种对现实的关注使他的作品呈现出鲜明的批判现实主义风格，但是，风格即个性，风格即僵化。一位作家的创作风格一旦形成就意味着他的作品有了自己的个性，但同时作家也有可能囿于某种模式而陷入僵化。戴希深谙此道，他在漫长的创作道路上一面坚守着现实主义的原则，一面又大胆探索求新求变。《其实很简单》（河南文艺出版社2017年4月出版）共选入戴希各个时期创作的小小说优秀作品47篇，集中地体现了戴希在几十年小小说创作道路上的坚守与探索。

戴希的一些作品是现实生活的真实呈现，读者甚至难以察觉其对生活的提炼和加工，具有一种白描现实主义的风格。艺术的真实性可以说是小说的生命，也是作家孜孜以求的效果，但由于各人对生活认识理解的不同而导致对事物本质及发展规律揭示的差异。《记得那时》讲述的是一个孩子捡到一笔"巨款"之后的故事，从辛笛发现"路上躺着七元钱"到他向曾老师上交三元，到老师如何"赞许"，校长如何"推介",学校如何宣传,他如何反省自责,又如何"掉钱"这一过程真实得就像身边发生的一样。作品中的辛笛虽是小学三年级学生,但他的心理、行为已经打上了鲜明的时代烙印,同时又极符合儿童的特点。

除了真实地呈现之外,戴希的作品还有着简洁凝练,但同时又不失铺排跌宕的特点。小小说有着小说的共性,需要引人入胜的故事情节,而凝练也正是受小小说短小的篇幅所限,虽铺排跌宕却不能汪洋恣肆。因此,戴希将诗歌创作的经验借鉴过来,形成了他作品的简洁之风,虽然简洁却丝毫不影响作品反映现实的深度。《都赢了》是一篇难得的高度凝练之作,作品前半部分虽为其表,却逻辑严密,没有丝毫破绽,后半部分是为其里,也就是那个"局",读后让人不禁被小秦的智商折服,同时又为小秦等的贪婪而忧愤。这是一个很复杂的"局",作者却将其浓缩为六百多字篇幅,其前因后果,逻辑清楚。

《其实很简单》也是一篇颇具现实主义功力的作品,小说集以此为名亦颇具深意。世间事原是简单的,只看你如何看待、如何对待。一个平时怕踩死蚂蚁的男人却能在危急时刻大义凛然,挺身而出,按常理推论这背后一定掩藏着什么隐秘的原因。但随着记者的深入采访,一个再简单不过的理由被揭示出来,那是一束从一颗清澈澄明的童心中发出来的人性美的光芒,也是足以使一个懦夫变成勇士的力量。这种手法让部分读者觉得少了回味,但有些事情只有抽丝剥茧才能直逼真相——这种严密的理性思维干预也是戴希作品现实主义的一大特色。

迄今为止,戴希公开发表微小说八百多篇,同时在诗歌、散文、杂文等领域也有不错的成就。可以看出,他在写作中试图打破文体之间的藩篱,将各种表现手法综合运用到小小说创作中,探索小小说创作的新方法、新途径。

在体式上,戴希不断尝试改变小小说原有的故事结构,《祝你生日快乐》《"红狐狸"与"北方狼"》的故事作者安排了三四种不同的结局,这一结构表面上看只是打破了原有的故事框架,实则是面对复杂的现实,打破了固有的思维方式而导致——一件事情用不同的视角看会呈现不同状态,用不同的方式处理会有不同的结果。这一探索虽有前人经验借鉴,却很契合当今这个多变的社会。诗体小小说《婚检风波》也是一个大胆的试验,虽然有着诗歌的分行排列和思维跳跃,但故事情节完整,主题集中。诗风亦庄亦谐,颇具讽刺意味。戴希常常借助一个故事来阐明某种道理,《童心》《天堂·地狱》就属于这一类。寓言体小小说源远流长,但贴近时代的作品不多。也许有人认为有失浅显,但这种以极少文字寓深刻道理的作品却能给人清清浅浅的澄澈新鲜之感,使人在愉悦中受到某种启迪。因此,戴希的这种实践是具有积极的探索意义的。

(原载2017年8月11日《文艺报》)

作者简介:郭虹,湖南文理学院教授,文学评论家。

人生有戏　戏有人生
——略论戴希微小说的戏剧性效应

郭虹

一个人无论在哪个领域的成功很大程度都取决于他的勤奋，作家也不例外。微小说作家戴希多年来除了工作中日常文书的撰写之外，文学创作笔耕不辍，有微小说，也有诗歌散文结集出版。他新近发表的九篇微小说作品，分别载于《湘江文艺》《红豆》《小说月刊》等杂志，这组作品呈现出浓郁的戏剧色彩，因而有一种戏剧性效应。

本文主要探讨戴希新近几篇微小说戏剧性情节设置带给读者的一种审美期待的满足感。

戴希对世界的观察、对生活的体验细致入微，勤于思考并自觉打破文体之间的藩篱，在微小说中运用传统戏剧的表现手法，使读者在阅读中获得一种波澜迭起的美感，满足读者猎奇、释疑、求真的审美心理。比如其旧作《良心》，作品以刚分配到派出所工作的公安大学毕业的高才生视角，叙述一家私营饲料厂猪饲料被盗后，"我"奉所长之命前去破案的故事。上天助人，"我"顺着蛛丝马迹找到了"盗贼"，但正当"我"因人赃俱获而兴高采烈之时，眼前之景却是：一家三口正坐在桌边用餐，丈夫、妻子、女儿每人端一碗清汤寡水、又涩又黄的稀粥在狼吞虎咽。情节戏剧性的"突转"带给"我"也带给读者惯性思维链短暂的断裂，随即又陷入深思，从而导致人物命运陡然逆转，出现与预想完全不同的结果。

在新作即《画家与商人》《投案自首的小偷》《红色收藏》《只想大哭一场》中，作家运用类似的创作手法，或在故事开端因误会而带来悬念，或在故事结局时由于各种因素而导致情节"转折"，产生既在意料之外，又在情理之中的效果。一幅未完成的绘画作品在画家和商人之间来回倒腾，可世事难料，若干年后，"画家那幅没有脚的虾画反而更值钱、珍贵得多""只是当时，画家和商人都没想到"（《画家与商人》）。时过境迁，当画家的身价疯涨，人们的审美转向多元，欣赏残缺美甚至错误美时，没有脚的虾画更珍贵就合情合理了。而《投案自首的小偷》则带有某种喜剧的意味，张女士巨款被盗，警察正苦于找不到线索，并"做好了长期作战的准备"。"可非常出乎意料，第二天一大早，两个小偷就结伴来到公安局，主动投案自首。"而且他们竟是多次挂号的惯犯，情节突转，不由得让人吃惊而又疑惑——悬念由此产生。可是，两名小偷道出投案自首的原因，却让人啼笑皆非。"我们原本只打算弄个几十上百元零花，哪料……""这么多钱嘞，我越想越怕，再说，也消受不了啊！晚上，我恐惧得很，精神差不多要崩溃！找到甲一说，他也一样。那不如，去公安局投案自首吧，主动交了这笔钱，图个心安！"当结果超出希望太多，人会有种无形的压力甚至恐惧，这种心理很正常，他们只是真正意义上的"小偷"，只在错误和犯罪的边缘游走。所以，他们的投案自首既出人意料又符合人物跌宕起伏的心理。在微小的篇幅里掀起情节和心理的波澜，可见其匠心。

《只想大哭一场》是戴希新作中最为有趣的一篇。首先是反常合道之妙。"已连续三次失恋！这回，又不得不和自己深爱着的男友分手，李小妮心里特别难受，真想号啕大哭一场。""但她不能在家里哭""也不想去单位哭",觉得"在其他地方哭也不好"。

"可是她真的忍不住要放声大哭一场",最后她选中了殡仪馆。"于是火速来到殡仪馆,找到馆内最大、吊唁者熙来攘往的一个厅","便眼泪汪汪地直奔进去,扑通一声跪在灵柩前,一把眼泪,一把鼻涕,呼天抢地,大哭起来。"除了动作的连贯性颇富戏剧色彩之外,读者可能会觉得好笑,因为这太不合常理,太离奇了。但是,这背后有着很复杂的情绪,她让我联想起韩小惠的散文《有话对你说》,那个在人群中孤独无依、寂寞无助的"我",那个"有话对你说","上穷碧落下黄泉"都要去寻找到你的"我",那个最后都不知你是谁、你在哪里的"我",写尽了现代人精神无所依傍、灵魂无处安歇的悲凉。李小妮正经历着同样的孤独无助,无处诉说之苦,因此,她的故事虽离奇却也合理。

其次是"误会"之妙,其妙在情节迂回辗转。由于李小妮的反常举动直接引起死者家属的"误会",于是就有了"谈判"一幕,由于李小妮根本就没有心理准备,所以她先是"一愣",然后又"若有所思地摇摇头",如是几个回合之后,李小妮明确表示:"我分文不要!只想痛哭一场,我太伤心了!"到这里,"误会"似乎已解除,但作家又安排了两个可能的故事结局,让"误会"继续。这两个不同的结局既符合李小妮的性格,又揭示了生活和人性的复杂性,丰富了故事的内容,增强了戏剧效果。

文学艺术作品中的戏剧性因素,与其说是从戏剧中借鉴而来的,不如说是小说以及各类艺术作品本身就应具有的。无论是古典的章回小说还是新小说,都不能离开戏剧性。进入新时期,由于社会、人性、审美等方面的原因,戏剧性不仅已经远远超出戏剧创作本身而走向新的发展,而且,读者对生活戏剧性的表现如那种传统意义上的悬念、巧合、离奇等等更有了越来越多的期待。所以说,在文学新浪潮的冲击下,传统的小说观虽然发生了变化,但作家对于小说中的戏剧性效果却要有新的调整和新的探索。

(原载2019年8月2日《文艺报》)

善德精神的文学窗口

李晓东

"善德武陵"是被称作"桃花源里的城市"的湖南省常德市武陵区精神文明建设和文化建设的标识。通过建设丁玲公园、常德诗墙、穿紫河风光带、大小河街、窨子屋等地方特色建筑,善德文化深入人心。一个重要体现是,整个武陵区,也就是常德市核心区,没有一处道路隔离栏,因为"隔离栏"已深深扎在人们心里。在这一精神文明建设的宏大工程中,微小说发挥着独特作用。

经过多年努力,武陵国际微小说节已成为中国乃至世界华文文学领域最为重要的微小说专门节会。每年都有来自国内各地以及美国、加拿大、澳大利亚、日本、新西兰、德国、泰国、新加坡等国的微小说作家,齐聚穿紫河畔、柳叶湖边,做一回"桃花源中人",颁领"善德武陵杯·全国微小说精品"奖,召开年度微小说高峰论坛,领略武陵区、常德市日新月异的发展成就和"黄发垂髫,怡然自乐"的美好生活,设立了中国微型小说(小小说)创作基地、《小说选刊》创作基地,正在建设专门的中国微小说微电影创作基地等等。马克思说,人是生产力中最活跃的因素。武陵区的微小说事业之所以如此繁荣,根本上是有一支专注于微小说创作,又热情投身于"善德武陵"

建设的微小说作家队伍，而戴希，就是中坚和代表。在迄今为止他创作的近千篇微小说作品中，"善德文化"始终是核心和灵魂。

中国人讲究"天理人伦"，人伦是天理的基础，也是为人之本。戴希的微小说，相当多取材于亲情。因不愿让母亲看到自己的凶残，悍匪放弃了顽抗，束手就擒（《因为母亲》）；春节将至，父亲从外地赶来，想看一眼忙着出门诊的儿子，为了遵守出诊时间不会客的规定，父亲挂了号，排了一上午的队，一见面，就先给儿子递上矿泉水（《挂号》）；为了不让六岁的儿子失望，向来胆小怕事的男人成了勇斗歹徒的英雄（《其实很简单》）……

孝，乃人伦之基。"善德武陵"的核心价值，就是德、孝、廉。私德重孝，公德崇廉，是武陵区精神文明建设的重要依托，也是戴希微小说所着力弘扬的。《儿女》就是写儿子为老人尽孝的。小儿子百般孝顺，母亲有时却不满意，让人感觉不可理喻。看后文才知道，这小儿子是机器人，不是老人的亲生儿子。但就是这机器儿子，老人去世后悲痛不已，自毁电脑程序，取出高能电池，随老人而去。与机器儿子相对照的，老人的亲生儿子、女儿，都事业有成，却直到父母去世，都没有来看一眼。孟子说"人之异于禽兽者几希""无君无父，乃禽兽也"，不孝敬父母，丧失人伦，连没有灵魂的机器人都不如，枉为人子啊。小说虽然一句直接的评论都没有，褒贬却尽在文中，微小说不是历史，却依然可以用春秋笔法。

人伦之大者，父子、兄弟、夫妇。家庭乃社会的细胞，夫妻关系是家庭的结构基础，尤其是如今的"小家庭"。爱情是浪漫的，婚姻却是现实的，作为洞察力超强的小说家，戴希笔下的夫妻，同样有笑有泪。灰娃和金克木夫妇常常生气，一生气，妻子灰娃就砸东西，锅碗瓢盆全砸碎，直到一次花费两千多元重买全套家什，才感到真正心疼，再生气，也不对生活用品施暴了（《双赢》）。作品两千余字，篇幅不长，画面感却很强，把一对各有性格的农村年轻夫妇的动作、行为、情态，尤其是心理，刻画得惟妙惟肖。《婚事儿》把隐藏在温情脉脉的婚姻大事之下，双方家长的相互算计、耍小聪明表现得细致入微，让人读之哑然失笑，却又深深理解。爱情是两个人的事，婚姻却是两个家庭的事。微小说作为文学的轻骑兵，有时也如杂文在散文家庭中的作用一样，带有匕首和投枪、解剖刀和显微镜的功能，把生活的脉络、真相一一显现出来，不是心灵鸡汤般的矫情虚饰。这正是微小说与小故事的本质区别。

居家则孝，为政则廉，才能建成桃花源。我曾多次去武陵，当地领导干部亲民、务实、自律的作风，让我印象深刻。我也算在多个党政机关有过工作经历，以我之经验，依然感觉为政作风如此，很值得珍惜。戴希曾写过一组历史题材微小说，把历史典故，"取其一点，敷衍成篇"，是旧事新说、以古鉴今的创作构想。而立意选材的角度则在于廉，此集后部，便集中收录数篇。《鹿战》，齐楚争霸，齐国高价收购楚鹿，楚国从国王、大臣起，为获利纷纷弃农养鹿，结果粮食无收。齐不再购鹿而楚已无粮，只得败于齐国。小说有寓言气息，意旨亦明确，即只顾眼前小利，而忘记根本，终究要承担严重后果。《鹞鹰之死》和《特别赏赐》，都述唐太宗之事，都含着幽默，让人忍俊不禁。前篇太宗玩鹰而魏征进见，帝藏鹰于怀，而臣不离去，直至鹰窒息而死。后篇长孙皇后叔父受贿二十匹绢绸，太宗不仅不惩，还再赏他五十匹，条件是让他自己背回家去，结果可想而知。贞观之治之所以千古典范，不玩物丧志、不贪污受贿，无疑为其根本也。果然，下一篇《死亡之约》，重述了著名的唐太宗放死囚回家过年，来年秋天死囚自己回来领死的故事。四篇历史题材微小说连读可悟，唯有为君者勤政、为臣者不贪，君主从善如流，忠良直言敢谏，才可得海晏河清，才可实现"修文德以来之"的王道理想。

善德武陵，善、德并举，德举孝廉，善则更包容更宽，人之善、物之善、情之善，武陵人"一一为具言所闻"，取得多方面成效。戴希的微小说，也以仁柔之心，叙小才微善，直指人心。《每个人都幸福》，身体有不同残疾的孩子，在老师的引导下，认识到相互帮助弥补，就能得到幸福。《啊，太阳》，为了让化疗的同学回到班级不感觉自卑，全班男女同学全部自觉剃了光头，冲击力格外强劲，每个光头，都是明媚的太阳。

生态文明，善及万物。《发现》，写一对夫妇错怪了家养的贵宾犬，知道真相后，"妻的眼角不知怎么有了泪。我笑，眼里也有泪光闪烁"。《你看你看这蜂鸟》，则让南美丛林里的蜂鸟直接成为主人公，展示了被人类欺骗的蜂鸟的报复，万物有灵，不可欺生啊！

读戴希的微小说，常常会心于渗透在作品中的、淡淡的幽默感。幽默是智慧的化身，戴希的微小说，也很有些"烧脑"的感觉，不少都仿佛智力测验题或脑筋急转弯。在生活与工作中，他幽默而真诚，随和而沉稳，忍耐而坚持，从他的作品里，我们发现了智慧、善良、道德，被感动、浸染、陶冶，而这，也是善德文化的精髓。

（原载2020年3月30日《文艺报》）

作者简介：李晓东，文学博士，副编审，中国作家协会会员。现任中国作家协会社联部主任，研究方向为明清白话小说、中国现代戏剧、新时期文学，散文创作有"天风水雅——天水散文系列""乡土·矿山系列"等。

"烟火气"与"正能量"
——简评戴希小小说集《柳暗花明》的创作特色

白庚胜

近二三十年来，借助互联网和网络文学，小小说发展甚为迅猛，诞生了大量优秀的作家作品，已经成为当今文坛不可忽视的力量。

戴希是中国小小说的代表作家之一，从事小小说创作近三十年，创作了一批优秀的小小说作品。这本《柳暗花明》主要是他近几年小小说创作的结集，其作品能深入生活，描绘人们恋爱、婚姻、工作、养老等诸多层面的现实状况与所思所想，既展现了当今时代的"烟火气"，又处处散发着文学作品不可或缺的"正能量"。

"烟火气"反映了一种创作态度。传统文学创作注重凝练、沉淀，一个题材往往经过很长时间的酝酿和提炼。小小说创作则更注重原生态，注重速度。二者好比工笔画和素描的差别。所以，与传统文学观相比，在互联网时代快速成长起来的小小说往往淡化了文学的精英意识，而具有更多的娱乐性、世俗性。现在的小小说界有很多系列小说，比如反腐系列、地方文化系列，很为大众所喜爱，其中最重要的一点也在于其娱乐性和世俗性。世俗生活、人情百态是小小说写作的主要内容，在小小说界，每个作家的"烟火气"都不一样，其高度尤有差别。

戴希作品的"烟火气"有一种生命的高度。他喜欢从普通人视角出发，写原生态的生活，不修饰，不掩饰，也不提炼高大上的道德教条，但在这种略显粗糙的原生态生活中，有一种属于我们这个时代的生命高度。

普通人的生活哲学都比较简单，但这种简单并不妨碍他们成为一个高尚的人。戴希长期在地方政府部门工作，能收集到大量关于普通人生活的写作素材，对普通人的生活原则了如指掌，他的很多作品都比较真实地反映了普通人的精神状态，同时也看到了他们的生命气度。比如《其实很简单》中见义勇为的小伙，他本是非常胆小之人，在抢劫发生现场，那么多人冷漠围观，他居然冒着生命危险冲上去，其理由很简单——只是为了不在自己儿子面前做孬种。父亲的尊严让他成了一个见义勇为的英雄。这就是我们这个时代人民的真实精神和生命气度，没有义薄云天的侠情，但依然可以是一个勇敢的人，一个好人。《一包烟蒂》中的男主人公海烟，烟瘾极大，偶然发现妻子骆英藏有一包烟蒂，而且是偷偷收集的前心仪对象的烟蒂。当妻子大方地将这包烟蒂还给那个男人后，海烟也彻底戒了烟。小说写出了现代婚姻在遭遇危机时的一种"识相"，这种"识相"中没有荡气回肠的爱情故事，只有一对普通夫妻对婚姻的珍惜。这些都是人们的原生活形态，不是高大上的英雄事迹，但有满满的人间生活的"烟火气"。

戴希作品"烟火气"的基础是人性，是慈悲。张爱玲有一句名言："因为懂得，所以慈悲。"原生态生活中有最珍贵的懂得和慈悲。《一串佛珠》中的海力为了要回以前送给"我"的礼物——一串已经升值的佛珠，费心编了一个曲折的情感事件。二人的友情在一串佛珠前变得尴尬。小说讽刺了拜金主义思想，但态度是温和的。古人云："天下熙熙，皆为利来；天下攘攘，皆为利往。"但也说"君子爱财，取之有道"。小说中，佛珠最后安然物归原主，这有一种的生活智慧。无意中收取了朋友价值百万的礼物，未免人情太重，换位思考，也许物归原主是最好的选择。《举报》中的老人廖鱼普空巢独居，十分孤独，邻居家的欢声笑语强烈地刺激了他，为了赶走邻居，他竟然恶意举报邻居吸毒制毒。警察调查清楚事实后，没有站在法律的角度去苛责，而是从人性关怀出发，联系老人的子女。这是世俗生活的温度。每一个年轻人都终将老去，每一对恩爱的夫妻都终将分离。对待衰老，要有敬畏之心，这是慈悲。

现在，整个社会都在倡导正能量。作为文学作品，传播正能量是其应有的社会责任担当。戴希的写作视野比较宽广，古今中外，无一不可成为小小说的素材，不管是对原生态生活的抒写，还是对国家热点话题的关注，其作品传达出来的都是一缕缕的正能量，体现了对国家安全、社会发展等诸多问题的深度思考，尤其是对人性良知的重视，与中国古代哲学相通，对当下社会的人格教育有积极作用。

他传播正能量的方式很多，比较常用的手段是通过故事内容启人深思。比如《鹿战》借古代诸侯争霸故事来思考国家的粮食安全问题。齐楚两国争霸，齐国大臣仲渊献策，以高价收鹿为计，扰乱楚国的经济基础。楚人奔走捕鹿，甚至废粮田、种草养鹿，以致粮库亏空，最终被齐国打败。这个故事有深刻的现实意义。大范围地弃农从商，并不值得鼓励，对于国家而言，粮食安全是至关重要的事情。以此类推，实体经济也是至关重要的事情。比如《儿女》关注当前社会日益突显的养老问题。养儿防老是我们国家的传统，但在当前社会，这一养老模式受到很多方面的限制。小说中，痛失老伴的老太太一人独居，女儿给她买了一个养老机器人。机器人照顾老人无微不至，非常有爱心。在长期的相处中，老人和机器人形同真正的亲人。老人为自己拖累机器人而不安，而机器人在老太太去世后也非常悲痛，自毁电池自杀。机器人养老是社会前沿话题，但此中所关联的伦理问题又让人汗颜。小说结尾安排机器人自杀，这种超现实的笔法，是作者给所有作为儿女的读者留下的一份思考。

在传播正能量的过程中，戴希最注重感化、注重救赎的力量。他也喜欢写历史题材的小小说，其中《特别赏赐》和《死亡之约》都是写唐太宗治国之事。《特别赏赐》写唐太宗巧治叔岳父长孙顺德贪污。叔岳父贪污，惩治难度自然较大，但不治又不行。于是，唐太宗想出"特别赏赐"一计，将长孙顺德贪污绢绸归结为自己没有赏赐他，于是特别赏赐五十匹绢绸，让长孙顺德当着文武百官之面，屈尊弯腰，将五十匹绢绸的赏赐背回家。人问其故，唐太宗说："只要长孙顺德还有人性、良心未泯，那么，朕在众目睽睽之下加倍赏赐绢绸给他的羞辱，是不是会比判他下狱伏法更剜心？"事实果如唐太宗所料，长孙顺德深感羞愧，特别沮丧。《死亡之约》写唐太宗与死囚盟约之事。死囚们的临刑心愿是想回家看亲人。唐太宗心生哀悯，遂与死囚盟约，准其回家看望父母妻儿，但一年之后须准时返回伏法。这是一场赌博，唐太宗赌死囚的良知。一年之后，这些囚犯如约返回，唐太宗大为感动，赦免其罪。在这两篇小说中，唐太宗是正能量的代表，他代表反腐的力量，代表仁君，而他的对手在与他的博弈中，也吸取他的正能量，最终变成了正能量的一方。长孙顺德后来把泽州治理得非常好，死囚后来参加卫国战争，为国捐躯。知恩图报，皆大欢喜或壮烈殉国，这是中国人喜欢的结局，也是我们根深蒂固的文化血脉。在我们的传统文化里，治国讲究"怀柔远人"，讲究"修文德以来之"，这是我们的文化基因。

感化、救赎的基础是良知。明代王守仁讲究"格物致知"，"致知"是"致良知"，"格物"就是"正物"，将我心的"良知"扩充、推广、贯彻到事事中去，以使事事物物归于正，使事事物物与我心的"良知"相符合。通过"良知"完成人的道德自我完善，完成人对社会的责任。在戴希的很多小小说中，良知是推动情节发展的关键因素。比如《这个故事我不写不快》，唐亚琼与母亲遭遇劫匪，当母亲了解到劫匪不过是普通工人，被黑心老板恶意拖欠薪水无法回家过年后，就把刚从亲戚家借来的医疗费"借"给他们。但是母亲要让劫匪写借条。母亲的理由是什么呢？她说："如果他们存良心，有钱了肯定会还钱；如果他们没良心，咱们也算仁至义尽。"母亲凭着自己一刹那的良知，想要救赎两个不得已的劫匪，同时也深深考验着这两个劫匪的良知。

对良知的重视，是一种很好的人格教育，能对社会发展起到积极作用。不仅中国古代圣贤这样认为，而且国外也有这样的学术观点。著名的神经学家、心理学家维克多·弗兰克尔就在他的学说中提出，"良知是人的无意识的一部分，是人存在的核心和完整人格的来源"。所以，他特别重视良知的作用，认为良知是人的本能，是在任何情境中都不会被削减的部分。无论外部环境如何影响我们，最终决定我们选择的往往是我们的良知。在上述小小说作品中，无论是《其实很简单》中的小伙子、《一包烟蒂》中的夫妻，还是《特别赏赐》中的长孙顺德、《死亡之约》中的死囚、《这个故事我不吐不快》中的母亲与劫匪，他们的选择，都是某一刹那内心深处的良知起了重要作用。戴希对良知的重视，折射出他不同流俗的审美取向。

总之，戴希的小小说创作既有生活温度，也有政治高度和人性深度，表现出了一个优秀作家的社会责任感和人文关怀精神。尤其是他以坚定的写作立场，比较真实地再现了我们这个时代人们的精神面貌与情绪世界，形成了极具个人特色的文学品格。

（原载2020年11月6日《文艺报》）

作者简介： 白庚胜，现任十三届全国政协常务委员，中国作家协会副主席。

伟大时代的吉光片羽
——戴希小小说集《柳暗花明》读后

邱华栋

戴希是耕耘文坛数十年卓有成就的小小说作家，他创作丰富，作品富有生活气息，善于从略带幽默的细节中管窥世事人情，反映人性善恶，体现当代普通人的性格与生活。这本名为《柳暗花明》的集子，是他小小说作品的精选，其特色韵味，也体现最足。

优秀的文学作品应该记录新时代、书写新时代、讴歌新时代。作为文学的轻骑兵，小小说既有文学性，又有新闻性，社会上发生的最新事件、出现的最新人物、展现的最新精神，小小说都可以及时、形象、深刻地用文学、用小说的形式表现出来。《追逃》直接选用新闻报道过的真实事件。但源于生活、高于生活，细节生动、心理活动细致地描绘出犯罪嫌疑人无处可逃的窘境和绝望，更从一个侧面反映出防控的彻底和有效。《柳暗花明》里，一对因职务晋升和个人感情产生误会的护士好姐妹铁柔和唐小曼，铁柔毅然放下患脑梗住院的父亲，驰援湖北，唐小曼不计前嫌，和丈夫一起照顾铁父至康复出院，两人也因此冰释前嫌。为国为民的大爱战胜个人恩怨，体现了90后的家国情怀。

作为小小说作家，同时也是湖南省常德市武陵区文联主席的戴希,工作在文学组织、文化事业发展第一线,也亲历了许多其他方面的工作,为创作积累了丰富的素材。脱贫攻坚是全面建成小康社会,实现第一个一百年奋斗目标的重要举措,反映脱贫攻坚的优秀作品,近期集中涌现,选题多集中于第一书记等扶贫干部在乡村帮助建档立卡贫困户的感人事迹。而戴希的《自动扶贫》却别出心裁,把目光投向了高校。大学生黄鹤林收到校园一卡通管理中心让他去领三百多元生活补助的通知。但他从未申请过困难补助,心怀疑惑,以为遇到了骗子。后来才得知,校园一卡通自动记录学生消费情况,凡是每月花销少于二百元的学生,学校都会主动给予生活补助。短短的篇幅,却大大地拓展了扶贫题材领域,不仅把关注点由农村延伸到城市,而且将科技因素引入扶贫题材,同时提醒大家关注城市贫困人口。而勤俭节约、不等不靠不要的黄鹤林,也代表了自立自强的新时代大学生形象。

酸甜苦辣,是生活的本色,也是幸福生活的本来面目。戴希关注表现最多的还是普通人,特别是城市普通居民的普通生活。鲁迅说,"自有《红楼梦》出来以后,传统的思想和写法都打破了",《红楼梦》第一回,是一篇新的文学观念的宣言,在中国文学理论发展史上有里程碑式的意义。其中有言"并无大贤大忠理朝廷治风俗的善政,其中只不过几个异样女子,或情或痴,或小才微善,亦无班姑蔡女之德能"。戴希作品中的人物,也大多属于此类。开卷第二篇《其实很简单》中,一位奋不顾身、勇斗歹徒的英雄市民,在接受记者采访时,没有豪言壮语,却说出了让人意外的话:"当时,我的儿子憋不住拽了一下我的手,'爸,抓歹徒,抓歹徒呀!'我的儿子才六岁,还是稚气未脱的小毛孩,我堂堂一个大男人,总不能在他面前装孬种,让他都瞧不起吧?"记者一愣:"就这一点?""对,就这一点!"在儿子、亲人面前的责任感和荣誉感,让这个平时最胆小怕事的人，变成了英雄。所谓家国情怀，其深层内涵也就如此。不仅有国才有家，同样也是有家才有国，把对亲人的特殊责任负到位了，必然会拓展到对于他人和社会的普遍责任。

作品集开篇之作是《每个人都幸福》，取材于一群特殊教育学校的残障孩子，孩子们各有不同残疾，于是各有弥补自己残疾使生活幸福的期望。老师启发大家，如果同学们相互帮助、团结友爱，形成一个整体，就可以克服各自的缺陷，构成共同的、大的幸福，在大幸福的关照下，每个人都幸福。小说看似浪漫，甚至有些"心灵鸡汤"，其实充满哲思。每个人的生活就个体、家庭而言，有这样那样的欠缺和不满，"家家有本难念的经"，但我们共同构筑起这个伟大的时代和强大的国家，就会享受着共同的幸福。

中国从来没有像今天这样接近实现中华民族伟大复兴的梦想，从来没有像今天这样接近世界舞台的中央，中国之所以是世界文明古国中唯一延续至今的国家，历代志士先贤做出了重要贡献。伟大复兴，就是要慎终追远，发扬汉唐盛世的光荣。戴希对盛唐历史情有独钟，也把它化作小小说创作的素材。这本集子中收录的《特别赏赐》《死亡之约》《鹞鹰之死》，从反贪、仁政、监督三个角度，具体而深刻地阐发出贞观之治的要义，为民族精神引吭高歌。

中国特色社会主义新时代，是政治、经济、社会、文化、生态文明高质量发展的时代，是全党全军全国人民紧密团结在以习近平同志为核心的党中央周围，为实现两个一百年奋斗目标，建设富强民主文明和谐美丽的社会主义现代化国家而奋斗的生动实践，是文学艺术包括小小说取之不尽、用之不竭的源泉，作为以记录新时代、书写新时代、讴歌新时代为自觉责任和使命的作家队伍中的一员，衷心希望并坚信戴希百尺竿头更进一步，创作出更多思想性艺术性俱佳的精品力作，把最好的精神食粮奉献给时代和人民，推进小小说事业繁荣发展,不断创造柳暗花明的一村又一村。

(原载2021年3月5日《湖南日报》、2021年3月25日《文学报》)

作者简介：邱华栋,中国作家协会主席团委员、书记处书记。当代实力派作家。曾为《青年文学》杂志执行主编,《人民文学》杂志副主编,鲁迅文学院常务副院长。中共中央直属机关青联委员。

小小说创作的另一重抵达
——简评戴希小小说集《柳暗花明》

王瑜

小小说由于体量小，常被误认为是一种无法深入的文体，其对日常生活的呈现，似乎难以达到相对的高度。认识来源于阅读的实践，笔者在日常审稿中，确也见到一定数量的不理想创作，不过与之相对的是作家戴希的创作，他以至简的文本处理方式，在书写世俗的较量中，获得了位置，令其小小说与生活构成一种均衡的对话关系。

《柳暗花明》（戴希小小说集）一书中，戴希的多数作品摒弃了传统的氛围、情态烘托，聚焦一件事，或描摹一个群体的横切面，并不贪多，靠着精准的着力点——例如以对话推动情节演进，进而抵达他想带你去到的思想深处。语言的精准，决定着人物的行动，也亮出人物的底色。《特殊警务》中，老太太、儿子、小伙、民警四人展开环环相扣的对话，洗练、直接，以大道直行的推进，让阅读者见证了对话的力量。当一定数量的作家还沉浸在氛围营造中，不断旁敲侧击，戴希已放弃了渐进式的迂回，他意识到在紧凑的篇章中，该如何彰显语言的力度。

螺蛳壳里做道场，小小说的美学格调便显得格外重要。戴希在构架的故事中以温暖而明亮的色调为基石，可以说向上的情感场域是其作品的另一个异质性。《每个人都幸福》中，盲童看不到花鸟，失去双腿的孩子无法走出局限看世界，而苏老师仿佛一把钥匙，打开了他们扭结阴郁的心境。《装修》中，瓦匠、漆匠、木匠的歌声在毛坯房里飘荡，三个人在做工间不断交流着俗世故事。这令"我"产生疑问，"干吗这样快乐？""老板请咱，咱能赚钱！""老板尽管放心，我们不是做一家生意就罢手的！快乐着精神就好，精神一好做事就有劲儿！"提取这样烟火蒸腾的日常瞬间，戴希笔下的主人公"不仅把房子装修得好好的"，还"装修"了阅读者的心灵。

以情节为主要推进器的小小说，成功演进的关键在于情理之中，意料之外。驾驭处置情节，需要在纷繁的线头中找到直抵内核与本质的那一根。戴希显然懂得编织故事的复杂与多面，置换角度，俯身或抽离，在叙述的转圜中，令其创作具备了鲜明的个人化特征。他较早关注到机器与人类的情感纽结，《儿女》中，身边尽孝的"人"始终无法满足老者，行文至尾，原来老者在等待一份真正的亲情。智慧生活带来的多重障碍，通过悬念手法进行到底，展示出生活的多棱镜像。而《因为母亲》《其实很简单》中，左冲右突的罪犯，勇抓歹徒的父亲，各自因亲情的触发间隙，或认罪伏法，或从胆小怕事者演变为伟岸的形象。情感的触发是复杂与多面的来源，戴希很好地抓住了这根线，为笔下的叙述寻找到鲜活而有力的出口。

不同于其他耕耘小小说创作园地的作家，近十年间，戴希以一种时不我待的使命感，关注聚焦社会问题，将寻求解决矛盾的纽结作为自身的使命，在微小篇幅中，不断上演着精彩绝伦的人间故事，书写现实层面，展示选定群体的心理活动。《挂号》中戴希把目光投向医者的父亲，其默默出入诊室的举动，原是为提醒子女注意身体。通过不断观察、探寻新的角度，为同题写作带来全新启迪与延展的可能。而在《开道》一篇中，学术交流活动以警车开道，聚焦不良风气，同样取得了理想的写作效果。作为一门浓缩的艺术，小小说以其纯文学的边界，不断冲击世俗的藩篱，让我们看到一种文体更多的现实可能。

　　思考的深度决定抵达的深度，思辨的力量推动创作主题不断前行。戴希笔力干净、克制、精准，犹如手术刀一般，在现实生活中不断提炼，抓取。他的创作未因单一事件忽视人物所处的其他现实本源，将人物置身的生活图谱一一融入作品之中。主题先行未尝不可，但丢掉生活的细枝末节与真实感受，只会让创作充满枯燥和局限，反噬并背离主题所蕴含的初衷。戴希选取的书写角度，正视现实中的分歧、矛盾与差异化，有差异才有书写的必要，不割裂开来，反而迎来了主题的升华，且令人信服。

　　戴希的作品转载率很高，不论权威专业的报刊，还是通俗阅读的载体，均对他的书写青睐有加。可以说这是对一位写作者最大的褒奖。在戴希笔下，热爱生活、书写生活不是一句简单的口号，他以闪烁着哲思光芒的表达，将文体的价值与意义传递给编者、评论者，以及通过他的视角审视多棱现实的阅读者。

（原载2022年8月31日《文艺报》）

作者简介： 王瑜，副编审，《当代人》杂志副主编。

对社会现实的积极介入与思考
——戴希小小说印象

杨晓敏

戴希的小小说从来不拒绝对现实发言,而是注重从现实生活中发现、提炼能代表本质的东西,透过纷繁的现象看到实质,予以鲜明的褒扬或批判。从选材上看,戴希偏重于社会层面、人生哲理层面。

在我看来,戴希的小小说代表作应首推《每个人都幸福》,这是一个在思想性和艺术性上都达到了较高水准的小小说名篇。

戴希的构思以理性思维见长,《每个人都幸福》最能代表他的风格,充满了理性思辨色彩。主人公苏浅老师教的是一群有先天残疾的孩子,这些可怜可爱又单纯的孩子有的双目失明,有的两耳失聪,有的不能说话,有的双腿残疾坐在轮椅上……他们的心灵是脆弱而敏感的。苏老师发觉,随着孩子们年龄的增长,一种"不幸福"的悲观情绪像传染病一样蔓延开来。"不能让孩子们悲观、沮丧,不能啊!"这是老师的职责。可怎样才能让这些花朵般的孩子们乐观、振作起来,让他们笑对人生积极进取呢?善良之习,能迸发出极高的人生智慧,于是我们在戴希设置的"特定环境"中,看到了如下的一幕:在课堂上,苏老师让每个孩子把对幸福的渴望都讲出来,写在黑板上。盲童认为幸福就是能睁眼看世界;坐轮椅的儿童认为幸福就是能走能跑；失声儿童认为幸福就是能开口说话……每个孩子对幸福都有自己独特的认识。苏老师记录了幸福的具象含义，充满感情地告诉孩子们，你们每个人只有一点不幸福，却拥有许多其他孩子苦苦追求而弥足珍贵的幸福——这样看，你们每个人的幸福都比不幸多得多！苏老师的话既是大悲悯，又是大智慧，发人深思，意味深长，蕴含着"流着眼泪微笑"的艺术效果。以"励志"为主题的小小说很多，能达到这种艺术效果的凤毛麟角，仿佛开启心扉的钥匙，给我们留下难以忘怀的印象。

戴希的小小说虽注重当代性，却有灵光闪现，还写了一些历史题材的作品。《死亡之约》就是一篇借古喻今，把"人性化执法"的理念发挥到极致的出色作品。我们都知道，中国古代法律里有一个重要的概念——大赦。《死亡之约》讲的是唐太宗李世民赦免犯人的传奇故事。唐太宗作为一代英主，做了许多有开创意义的事情，在大赦犯人这件事上，他的做法也独有创意。贞观七年腊月，唐太宗突然来到朝廷大狱，"探望"待决的死刑犯人，并询问他们对判决结果的态度和临死前的要求。犯人们最大的愿望当然是想与父母妻儿话别。出人意料地，唐太宗宣布和犯人们订立"死亡之约"：第一，回家看望家人；第二，必须保证在来年某日正午之前，一个不少地返回大狱伏法。这个惊人的决定，堪称古代执法的奇观。因此，到了犯人们履行诺言的那一天，长安百姓潮水般赶来围观。令人惊讶的是，犯人们纷纷到位，唯一的迟到者还是因重病耽搁了行程。唐太宗就在这一时刻宣布了大赦令。当然，作品的结尾安上了光明而慷慨激昂的尾巴——数百名犯人参军，开始抒写大唐平叛安民、拓土开疆的壮丽史诗。这篇小小说情节大开大合，张弛有度，基调富于浪漫主义色彩。也许有人会对作品中"皇恩浩荡""信义至上"等提出异议，但小说就是小说，用统一的道德价值尺度衡量是不可取的，就像人们对武松和潘金莲的争议一样，文学形象自有其文学审美价值。

戴希的小小说已经形成了自己的特长和风格，正处在"井喷"的早期，假以时日，增加一点空灵，增加一点细腻，取长补短，必成大器。这也是我们的期待和祝愿吧。

认识戴希有些年月了，除了他的小小说之外，他还是常德市小小说读写的组织者，譬如筹资办笔会、采风和编书。也可以这么说，作为小小说的民间写作，多年来之所以有风起云涌之势，肯定和各区域间的这些有责任心有能力的热心人的努力耕耘是分不开的。所以，戴希的写作与作为，无疑也是值得我们积极关注与认同的。

（原载《百花园》2011年5月下半月版）

作者简介：杨晓敏，河南省作家协会副主席，《小小说选刊》《百花园》《小小说出版》主编，中国当代小小说文体最重要的倡导者、实践者和理论奠基人。

担一份良知，抒一份真情

李运抟

戴希自1992年开始创作，除工作关系写了两百多篇新闻通讯类文章，迄今已在国内百多家报刊发表了四百多篇作品。戴希创作涉及的文体多样，包括小小说、散文、杂文和诗歌。其中有不少作品，先后被《小小说选刊》《微型小说选刊》等报刊转载；杂文《镜头》入选2000年中国年度最佳杂文；小小说《扶贫》入选2001中国年最佳小小说；散文《永远是朋友》和《吐鲁番的境界》入选中国当代散文精选；此外还有些作品获奖。由此可见，戴希不仅创作勤奋，创作质地也颇为不错。

作为常德市武陵区政法部门的一名基层干部，戴希日常工作很忙，创作不仅完全利用业余时间，且要见缝插针挤时间。工作繁忙，为何还要坚持创作？读完戴希给我的作品，我觉得戴希坚持创作是出于两种原因：一是他真喜欢文学，而不是附庸风雅；二是出于一种社会责任感，以文学来表达自己的一份良知。对于戴希，后面这点还相当重要。戴希很多作品已经证明，他确实是想通过文学来表达自己的社会认识，追求正义。

戴希的创作中，我以为其小小说创作更见突出。《玫瑰与仙人掌》和《爱的谎言》这两本集子,也显示了戴希小小说创作的鲜明特征。这些特征,主要体现在三个方面。

其一,追求正义的批判意识。

戴希的小小说,涉及多种生活内容,不仅体现了作家的社会良知,也是我们时代所需要的文学精神。如《扶贫》对形式主义扶贫现象的揭示,《危房》对虚张声势而不作为的官僚主义作风的描述,体现的都是批判性主题。这类作品指向的都是我们并不陌生的社会现象,但由于作者善于抓住典型现象,取材独特,开掘较深,读来,便往往有举一反三的联想效果。这种"小中见大"的取材和开掘,使戴希小小说的思考不仅有深度,也具有相当的普遍意义。

其二,主题在叙述中自然呈现。

叙事文学特别要注意主题与叙述的关系。因为主题蕴含在叙述中,靠叙述而呈现。对于篇幅有限的小小说,叙述不当,不仅容易出现主题先行问题,也会缺乏真切感。这方面,戴希小小说的处理比较成功,主题多是在叙述中自然呈现。叙述水到渠成,主题呈现也就自然而然。戴希的叙述还非常注意"收笔"功能,往往有言尽而意无穷的效果。

其三,不拘一格的艺术探索。

艺术探索是戴希小小说创作的又一特色。如《贪官访谈录》采取对话形式,以记者和贪官的对话构成整体叙述。对话过程中,贪官极力为自己的种种丑陋行径辩解,不以为耻反以为荣,充分暴露了贪官的权力心理和欲望膨胀。这些"辞能达意"的艺术探索,审美效果很好。而叙述方式的多样化,也能拓展作品的审美空间和增强艺术生命力。

戴希的创作中,散文和杂文占有较大比重。如果说戴希的杂文如同其小小说,表达了自己的一份社会良知,那么其散文创作,则可谓抒发了自己的一份浓郁真情。戴希给自己的散文集取名《释放心情》,

"释放"的就是心灵之声。《释放心情》分为"爱情的天空""亲情的原野"和"世情的河流"三辑。爱情、亲情和各种世情，成为戴希散文的主要描述对象。包括戴希后来写的散文，也多是这方面的抒情写意。在关于爱情的书写中，有多篇是写给妻子的，这些直抒胸臆的作品显示了令人感动的伉俪情深。而《永远是朋友》《想念白雪公主》这类回忆人生驿站的篇章，也很耐人寻味，它们抒发的情感和心理，是我们人生中常能感受到的。亲情描写是戴希散文中特别深沉的部分。如《父亲与牛》《长兄如父》《可怜天下父母心》和《对不起父母》等，所描述的父母亲的勤劳慈善和长兄的厚道，都使我们感受到了亲情的大爱无边。成长中的女儿，无疑是戴希心中的最爱和希望。他为女儿写了很多，如《女儿半岁了》《女儿学画》等，不仅写出了女儿的聪明、乖巧和个性，也道出了一个父亲对孩子的无限疼爱。世情描述方面，戴希笔触比较宽泛，真情仍在，但多了关于现实和人生的哲理思考，如《初为秘书》《感受家园》《误会》《崇尚诚实守信》等。

戴希发表了四十多首诗歌，大多精短，也多具哲理意味，如《一把椅子》《一棵树》《钓鱼》和《幸福》等。不妨看看《一个人的生存状态》：有时是自己的脸／ 有时不是自己的脸／ 有时是自己的心／ 有时不是自己的心／ 有时说自己的话／ 有时不说自己的话／ 有时做自己的事／ 有时不做自己的事／ 有时坚守自己的位置／ 有时不坚守自己的位置／ 有时走自己的路／ 有时不走自己的路／ 有时发自己的光／ 有时不发自己的光／ 有时找得到自己／ 有时找不到自己／ 有时是自己／ 有时不是自己。这种"生存状态"当然非个别，隐含意味也深长。

戴希属于理性较突出的作家，很多作品具有"寓教于乐"的特征。这也是正常现象。不过在散文方面，戴希可能要注意"寓教于乐"的适度，不必总是强调"说理"，或非要归纳出某个思想，可以写得更含蓄些，让读者多些想象空间。戴希的创作正处在状态良好的上升时期，我希望他在文学路上走得更好更远，也希望戴希所在的常德市的文学创作更上层楼。

（原载2007年10月26日《湖南工人报》）

作者简介：李运抟，湖南师范大学文学院教授，中国小说学会总评委，著名文学评论家。

解读戴希的微型小说

顾建新

经文友白旭初介绍,我得以与湖南常德的青年作家戴希相识。经了解,我得知,戴希不仅写微型小说,也写散文,写诗歌,写杂文等。他涉猎的文体较多,一方面说明他有多方面的才能;另一方面,也告诉我们,他与专攻微型小说的那些"专业户"有所不同。

对戴希微型小说的总体印象是,作品都来自他熟悉的生活,而非靠道听途说的素材进行创作;每一篇微型小说,即使只有几百字,也是精心雕琢,而非敷衍了事,不以作品数量的丰富而自满。因此,他的微型小说有一种厚重感,有不少的小说值得反复品味。

对戴希微型小说的评论,仍然涉及文学理论最根本的问题:写什么和怎么写。

首先,是写什么。

戴希作为一个基层干部,对基层干部的心理及内部的情景有深切的了解和切肤的体会。因此,反映这一类题材的微型小说占了绝大部分。作者对丑恶的事物深恶痛绝,又进行了深入剖析,揭露出了人们不甚了解的某些事实,因此,给予读者别的作者所不能写出的新鲜的东西。

其次,是怎么写。

戴希从事微型小说创作的时间不长，但我感到，在他的作品中，可以很清楚地看到作者在艺术上进行的辛勤探索，看出作者独有的美学追求。

微型小说的篇幅虽小，但也须有它的个性；而且，与其他小说门类相比，它特别要求作者个性化的创作，否则就不能令读者瞩目。戴希的小说，是力求用多种笔法，来体现他的创造性的。

第一，是对比手法的运用。

对比，是文学创作中常用的方式。戴希运用对比，其特点是：手法并不单一，而是呈现多姿多彩的态势。

例如，采用理想与现实的对比。他有意使用现实击碎愿望与理想，来揭示问题的严重与现实的严峻。这样写，比直接揭露更能给人以心灵的震撼。小说中所写的事，人们都是熟知的；但由于巧妙地使用了对比，便有了化平淡为奇谲的作用。前面县长的仗义执言，实际不过是虚设一笔，为后边揭露的事实做铺垫，使事件更让人感到触目惊心。对比，加大了小说震撼人心的力度。

再如，获奖小说《危房》采用的是现实与现实的对比。一边是学校的危房亟待修整的现实，一边是"公文旅行"的另一种现实。小说中没有一个人不重视危房这件事，却没有一个人诉诸行动，使得危房问题一直解决不了。对比起到了照妖镜的作用，使它们一一显形。

第二，运用多种艺术形式。

戴希的小说集，呈现了多姿多彩的叙事方式。

如《家庭议廉会》，用的是金圣叹提倡的"反面敷粉法"——不从正面抨击，而是反向揭示。通过家人从四个方面诉说廉政带来的"弊端"，规劝局长放弃"廉政典型"的提名，这样写，方式十分新颖：因制造了"陌生化"而引人入胜；同时，让人读后别有一番滋味在心头。

有的小说采用的是现场采访的方式。小说没有情节，仅用对话组成全篇。这是一种不易驾驭的写作方法。没有情节，就难以吸引人们往下看；场景又局限在一个狭小的封闭的环境中，写得不好，易让人感到沉闷。作者却写得神采飞扬，让人读之感到情趣盎然：贪腐者外貌不着一字，却通过他处处大言不惭的辩解，不以为耻反以为荣的问话，把他的灵魂鲜明地勾画出来。小说给人身临其境之感，又有入木三分的深刻揭露。结尾的设计，真是神来之笔——大大出乎正常的思维，超越了现实生活中的常理。这一笔，堪称"豹尾"——为小说增添了无限的神韵；让读者在惊愕中，在嘲笑中，在痛斥中，在深思中，获得了一种审美愉悦。微型小说界当前常常议论小说的"飞翔"，提出中国的小说写得太实。所谓"飞翔"，是指小说要展开想象的羽翼，甚至不惜超时空、超现实、超逻辑。没有想象，容易平淡，就没有咀嚼的劲道；没有想象，没有升华，就难以深化主题；没有想象，就没有回味的魅力。这篇小说突发奇想的结尾，是"飞翔"成功的范例。

再如《换届歌》，运用卡拉OK的歌词构建全篇，这也是不多见的，体现了作者的创新。小说巧妙地把歌词与人物的心态，与人际关系天衣无缝地融合在一起，给人以别开生面的感觉。

第三，善于池水兴波。

中国古代的小说，特别讲究情节的跌宕起伏，讲求"山重水复疑无路，柳暗花明又一村"，在事件发展的关节处留有"扣子"。戴希的小说，从中吸取了营养：即使极短的篇幅，也注意悬念的设置；在情节的安排上，竭尽腾挪跌宕之势。

《心胸》《艺术品》《捡了个便宜》《预防禽流感》《机密》等，都是这类作品。固然，如有的评论指出的，作者很注意小说的结尾，往往用出人意料的陡转，来给读者一个震惊，从而达到微型小说"速率刺激"的审美效果。但我个人认为，这只是一个方面。更值得研究的是，戴希在情节的整体安排上，极注意波澜起伏，他的小说，如舟行九曲十八弯的长江三峡之上，忽而重重悬崖压来，忽而顺流直下；在波翻浪叠的一路行程中,让人领略无限的风光。像《艺术品》这样的小说,已经结尾了,还要再加上一笔:P市长对艺术品的真伪产生了怀疑。这不是无意义的闲来之笔,也不是任意凭空添上去的,这是作者整体布局的一个重要方面:不仅是在多姿的情节上,再添一层曲折;而且由于人物对自己行为的疑惑,就使人想到事件可能有更多的问题,而并非这么简单——它起到了打开读者新思路,想象小说可能有另一种结局的作用——使小说形成开放式的结尾,增添了作品令人琢磨的兴致。

《心胸》实现了古人提出的处处转、笔笔转的写作方略。小说经过了五重转折,而且每一次转折,都对前一事件进行颠覆。整个过程扑朔迷离,直到最后一刻,才揭出谜底。小说引人入胜的艺术魅力也就由此产生了。

戴希的微型小说,有较高的起点,有进一步发展的潜力。但也有提高的空间,如果在人物形象的塑造上再下些功夫,如果更多注意观察生活,更精心选择鲜明、令人过目不忘的细节,他的小说,会给读者留下更深刻的印象,会产生更大的影响。

(原载2008年4月10日《湖南文理学院报》)

作者简介: 顾建新,中国矿业大学文法学院教授,著名文学评论家。

多媒体时代的文学传达
——评戴希的小小说创作

桂青山

当代传媒，可谓"山中一日，世上千年"。

读图（影像）时代已经彻底颠覆了文字的单一表达？文学势必边缘化，在多媒体时代已经不会有发展的时空？更有甚者说纸媒体将被淘汰，文学必定式微……众说纷纭。

我以为，上述，有一定道理。

客观地说，单纯纸媒时代的过去，是时代发展的必然。二十世纪七八十年代，旧堤崩溃，新潮汹涌，文学创作在一定程度上引领风气之先：对人性的反省与追寻，对时政的关注与考察，对未来的期望与憧憬……使得文学成为社会生活与文化变迁的风向标、晴雨表。中央级的文学刊物动辄发行百万册，省市一级也大多不下于三五十万册；小说作者凭一篇成功短篇，便使"洛阳纸贵"，进而改变人生的故事，比比皆是。而到二十一世纪、互联网时代的今天，上述所有，便只能是"故事"了。

但是，多媒体时代的到来，真就宣告了文学的式微，甚或决定了文学在当今的必定消亡？

不尽然，乃至大谬不然——

是的，多媒体时代，诸多媒体千帆竞发、"竞争上岗"。就媒体渠道而言，单纯凭依文字的纸媒，势必不能再独树一帜，更何谈唯我独尊？就传播受众而言，诸多媒体可供自由选择，个人生活节奏的紧张加快与人生内容空前地变换与拓展……因此，文学（小说）的传播，无论载体还是受众，必然大受影响，也必然从传播主流退避下来。

因之，当前文学在社会传播界，不再"甚嚣尘上"，甚至稍许"冷清静寂"，恰是一种本来的回归。

而若换一角度，再看当代文学的现实存在与未来发展，则又完全可以大声宣告——

多媒体时代（网络、手机、立体影像、平面图文的多重组合、有机融合），恰恰给文学尤其是小小说，提供了前所未有的多重而广阔的时间与空间的平台。

中国的网民、中国的手机用户、中国的电视观众以及传统的电台听众，加上平面纸媒的读者，雄踞世界之最。中国民众用手机上网的人数，更是每时每刻以"亿"来计。因之，文学若与上述媒体联姻并充分地有机融合，其传播的时间、空间与受众，自然"前无古人"；其快捷、简便的传达特性，必将发挥前所未有的传播优势。在这个意义上，我们又完全可以说，文学，尤其是精短篇幅的小小说，正面临着前所未有的机遇。

在此前提下，再认真阅读戴希的小小说作品，就大有可言——

与戴希相遇偶然。

偶来常德开会，顺便瞻仰了2007年建成的著名的常德诗墙：两千多首关涉常德（古"武陵"）的古今名篇，两千多帧近当代名家的书法碑刻，长达三千米、以古城墙为依托的碑刻诗廊，伴着从天地交接处奔涌而来、浩浩荡荡又清远从容的沅江水，人文深厚、艺术精美、蔚然大观，令人叹为观止。及知此文化大工程是常德承办，对武陵人又平添敬重。后得知中国微型小说（小小说）创作基地刚刚在常德市武陵区建立，武陵小小说创作在国内此领域已颇具盛名……于是，当见到武陵文化领域的中坚、常德小小说创作的领军人物戴希时，已有前期的好感。

此后，朋友希望我读读他的作品，最好能写些读后感。不久，作者便将作品数集，用邮箱与邮寄两途径，同时发了过来。

恭敬，不如从命。

下面，我将一篇不成熟的读后感，就教于大家。

一、戴希小小说的时代真实

当代文学（小说）某种程度的窘境，确实存在。但，一味指责读者的冷漠与社会的浮躁，也不妥，还应从自身寻找原因。

首先，必须对时代生活有确切真实，而非"伪真实"，同时又涵有聪慧机智的展现——

毋庸置疑，真实性是文学作品的现实根基。但如果以为只要"实事求是地表层摹写"，就可以得到多媒体时代受众的认同，那就大错特错。当代社会生活的诸种表象，大家都轻易可以获得。作为文学作品的小说（尤其是小小说），必须提供给受众更本质、更别致、更精巧的"艺术真实"，才可能吸引读者的眼球。与此相关，还应进入更高一层：对社会生活的"真实反映"与"终极表达"两者的有机融合。

具体些说，奠定在"真实基础"上，小说对时代现实的展示，应该百花齐放、别出心裁：可以以小见大、以大映小；可以正面反映，可以侧面反映，也不妨反面反映；可以实写，可以虚拟；可具象表达，可抽象意会；可时代写真，可历史譬喻……尽可天马行空、不拘一格。

在此种种"真实反映"的基础上，还应进一步展示作者真正与时俱进的"主观表达"。此种表达，不外乎两大层面，即形而下层面的指点、赞赏、批评或批判，形而上层面的提升、反思、拷问与追求。

就当代小说而言，对时代现实的主观表达，其性质大体有三类。

其一，同步游行：作品的内容与作者的观念，与时代生活并肩同行，与受众合流并进。其二，前沿引领：作品的内涵具有前沿引领、文化升华、时代启蒙性质。其三，就属反动滞后了——作品的人文内涵落后于时代的进步要求、反动于历史潮流的趋向。

优秀的小说（小小说），无一不在上述两大层面，有局部或全方位的出色展现。读戴希的小小说可知，他确实认真朝此努力，并取得了不菲的成绩——

《高人》中，貌似公允民主、而暗藏猫腻隐私的"干部火箭式提拔"，一波三折，卒章显志，令人拍案叫绝。

戴希的小小说，在进行坦荡而犀利讽刺的同时，又对当代生活中普通人在人性基础上善良淳朴以及同在困厄中的相濡以沫，做了精粹而富有质感的赞美与宣扬。

如《其实很简单》的内容，真的很简单：面对街边抢劫的歹徒，一男子犹豫再三，终于挺身上前。其实，他并无什么"高尚情操"，内心深处也不无畏惧，最后亮出其动因：仅仅为了不让六岁的儿子看不起自己这个父亲。这里，没有"英雄的光环"，唯现"平民的隐私"——而恰恰如此，更有质感地展示了人性的纯朴乃至圣洁。

《你为什么不早说》中，以"同是天涯沦落人"的意象，表现了小偷与下岗工人"相逢何必曾相识"的尖锐冲突与无声化解。

如果说上述作品是对社会生活的实写，另一类篇章则是对时代精神的抽象了。

《玉兰花开》讲述了一个"荒诞不经"的故事：上幼儿园的女儿以孩童之心，非要将一朵半枯萎的落地玉兰花，虔诚地敬奉佛前。爸爸笑其愚昧无知，虚与委蛇。但在两天后再来佛前，那朵玉兰（就是原来那朵）却真真切切地清新绽放,散发着馨香。对此,孩子鼓掌雀跃,大人目瞪口呆。这种故事,若以现实维度考量,何其造作编排、不堪推敲!但若站在哲学层面,做人生的终极拷问,谁又能说这个故事不是天籁般扫除着当代现实的"尘俗实用",而张扬着一种至境的美丽纯真?!

《每个人都幸福》,精湛又平实地点示了"人生幸福"这一哲理命题:每个孩子都有先天的缺憾,或聋或哑,或盲或跛……人人都深感悲苦。老师让每人表述:自己渴望的幸福是什么?于是,聋者的最大幸福就是能听到声音;哑者的最大幸福就是能开口说话;盲童的人生期冀自然是清晰地看到世界;双腿残疾的孩子最期盼的就是能健步行走……老师微笑道:其实,你们每个人已经都虽不完满,但真正幸福了——因为,你们每个人都已经具备并享受着别的同学渴求的多种幸福!这篇文字,似禅宗开悟,醍醐灌顶。读者尽可不赞同它的"比较减疼法",但作为一种形而上的哲思,能在精短篇幅中清晰展述,且对当代大众不无精神慰藉,孩子还是欢迎这样的教师的——毕竟,智慧的安抚总比冷漠的打压强。如此别具一格,也就实应嘉许了。

戴希在《里程碑》里便针对性地,以一次具象的旅行,对某些厌世的病灶以及治愈之道,做了简洁确切的抽象解析:同样的一段行程,三批旅行者在盲目随从、有方向而不知里程、有里程同时又知阶段的三种背景下,行进过程中的感受与到达终点的精神状态大不相同。小说行文朴素明白而言简意深,作者把握生活与驾驭文学的功力可见一斑。

在题材的选择上,戴希也努力涵古今于一瞬,通表里于一帧。古为今用,虚实结合,写实、意象、神话、寓言,百姿千态,不拘一格。其《死亡之约》《鹿战》《龟兔紧紧地抱在一起》《鹦鹉的故事》……种种表达,别开生面。

总之,在戴希的众多作品中,这种真实深入的现实反映与前沿引领性主观表达，比比皆是，相得益彰。相比时下一些作者囿于樊笼而视域狭窄，应酬世态而掩饰真实，观念陈旧而滞后时代，确实不可同日而语。

二、戴希小小说的叙述艺术

当前的小说创作界，为"技巧"而技巧、为"叙述"而叙述，甚或为"语言"而语言的弊端，确不乏见。有些作者昂昂然不以为病，反骄狂自诩，睥睨"常人"，其轻浮浅薄，常令人扼腕疾首、哭笑不得。

但是，无论如何，文学的艺术追求绝不可缺失。尤其在当今的多媒体时代，尤其想要通过网上做快捷广泛的传播，并"俘获"更多的读者，微型小说的艺术品格就比以前更为亟须：因其小，必要精；因其微，必须美。苍山无碍荒谷，玉佩不容瑕疵。

正如王蒙所说："它是一种机智，一种敏感，一种眼光，一种艺术神经……它是一种语言，一以当十，字字千斤重。"（《百年百部微型小说经典》总序言）好一句"字字千斤重"：言简意赅，恰切道出小小说的艺术特质与艺术要求。

"小说，是叙述的艺术。"好的小说，一言以蔽之，就是艺术地叙述一个好故事。这里的叙述，应称之为"大叙述"，它包括叙述的语言、叙述的技巧与叙述的形象。

1. 叙述语言

叙述决定着艺术的格调与韵味。不同的故事、不同的情感蕴含，应配以不同格调的叙述语言，才可相互彪炳。否则，皮毛不附，貌合神离，就难免作品生硬晦涩或虚伪造作了。因此，叙述的语言，不宜只是完成叙述任务的"手段"，其本身也必须是艺术作品的有机构成。叙述的情感温度（冷、热、中性）与语句节奏（舒缓、快捷、常态），乃至所用词句（声调与意象）的阴柔晴晦，都不同程度地影响着整体的叙述品格。

成熟的作者完全可以运用自如：或用"千山鸟飞绝，万径人踪灭"来描述孤舟蓑笠翁的寒江独钓；或用"七八个星天外，两三点雨山前"来点染清爽疏淡的旅人情怀；或用"却看妻子愁何在，漫卷诗书喜欲狂。白日放歌须纵酒，青春作伴好还乡。即从巴峡穿巫峡，便下襄阳向洛阳"来宣泄喜极而泣的激越情怀；或如欧·亨利以轻灵讥诮的口吻，挖苦"文明社会"的疮疤；或如海明威冷静近死的语调，展现苍凉的世界与孤寂的人心……凡此种种，均达到了"相与为一"的境界。

戴希的叙述语言，多用心为之，显出真诚不懈的努力。

《笑》的叙述语言，不由得让人想到契诃夫的名篇《一个小官吏之死》。"似乎天天有喜事，无论遇上谁，墨局长都是一脸的明媚……"不料某日出差回来，对人一改常态，严峻冷淡至极。见局长如此神色，副局长们、办公室主任办事员们，个个胆战心惊、惶惶不可终日。女儿、老婆则心绪焦躁、思想狐疑、行为变态。于是，局里上下，剑拔弩张；家庭内外，鸡飞狗跳。直到上级来视察，当面质问原委时，"墨局长终于忐忑不安，招架不住了。羞涩地笑笑，这才指指张开的嘴，腼腆地向上级领导报告说：'对不起领导，我的一颗门牙掉了，难看！'"此处，诸如"忐忑不安、招架不住、羞涩地、腼腆地……"的遣词造句，何其韵味十足、内涵深厚、情味盎然！整篇作品的叙述格调，从开始的温馨柔媚，到中间的冷硬晦涩，再到终篇时的"审丑"调侃，调随情走，笔与境合，一脉相承，浑然天赐，在似乎无技巧中，潜润着自然老练的艺术把握。

上述例析，证明戴希的叙述语言，已经达到运用自如的相当高的水平。

2. 叙述技巧

小说的叙述技巧多种多样。线性讲述与场面显示的各得其所，情节编织的闪展腾挪，叙述者的视野与视角，"主观叙述"与"客观叙述"，单一线索、双线索、多线索以及双线平行或两相交织，不一而足。而所有这些融合起来，核心目的只是一个，就是艺术地把握叙述的"节奏"。节奏对小小说的叙述尤其重要，甚至决定着作品的成败。

读戴希的作品，非常欣赏其多篇作品中展示出来的、与内容极为契合的"叙述节奏"。而这节奏的把握，主要源于以下两种技巧的成熟运用。

其一，"讲述"与"显示"的艺术把握。

线性的"讲述"，可以使叙述连贯快捷，故事清晰简约。其不足则是难免缺乏艺术质感；场面的"显示"，可以使人物、环境具有充分的形象感，容易引读者入境，但也往往减缓情节的进程，令节奏拖沓。

自然，就小小说的叙述而言，因其整体的短小轻捷，纵然单一地"讲述"或"显示"也未尝不可。而能够使两者在同一作品的叙述中相得益彰，自然更为老到。

戴希的小小说叙述，则因地制宜，兼顾到位，取得了很好的效果。

如在《危房》中，只以申请报告的线性流程做单纯的"讲述"，将某些领导的不负责任简捷至极、毫不拖泥带水地整体揭示出来，叙述的目的与叙述的手法，相与为一、十分默契。

在《羊吃什么》中，采用多线平行式的重复性"讲述"，自然产生了丰富而快捷的艺术效果。

在这类作品中，因承载着冗长的内容与重复的场面，小小说又篇幅有限，所以，若有过多场面的细腻显示，势必缓慢拖沓。

而"因权济变,全在乎一心"。在《贪官访谈录》中,作者完全摒弃线性"叙述",只横向地充满质感地"显示"一个场面,竟至更吝啬地只撷取人物充满个性的对话,便入木三分地完成了揭露贪腐者丑恶嘴脸的叙述目的。

其二,欧·亨利式结尾——小小说叙述的特色。

欧·亨利式结尾,在短篇小说的叙述中为世人熟知并称道,在小小说的叙述中,更几乎篇篇出现,成了不可或缺的要素、法宝。

欧·亨利本人的诸多作品,如《警察与赞美诗》《麦琪的礼物》,风靡全球。各地的小小说高手无不接踵其后,如星新一的《强盗的苦恼》、海因里希·伯尔的《优哉游哉》、克拉夫琴科的《母亲的来信》以及非马的《二僧人》、爱亚的《打电话》……无一不是如此结尾,进而使全篇结尾处顿生新意,令人回味无穷。

欧·亨利式结尾,在戴希作品中也俯拾皆是。

《谁扶了老太太?》中,一个老太太摔倒在街边,无人扶助。最后,只有一个衣衫褴褛、脸色憔悴的老汉走上前去。读者到此,最多感慨世风日下,同时产生对老汉的敬重。却不料结尾处,当记者问及老人家何以如此时,老汉竟冷答:"因为我是个捡垃圾的乞丐,不怕敲诈,没有后顾之忧!"读到此,谁人不感慨无言?!

《法律课上》更以一名向学生滔滔不绝、大讲特讲法律常识的教师在小说结尾处对学生大打出手、野蛮撒泼的讽刺,惟妙惟肖地揭露了某些"法律人士"的装模作样、表里不一。

这种绝妙的叙述艺术,在前述的《高人》《贪官访谈录》《笑》等作品中,亦概莫能外。

总之,综上所述:戴希小小说的整体艺术叙述,取得了不菲的成绩,更彰显着深厚的潜力。

三、 戴希小小说的传媒实验与传播前瞻

如果说，戴希的小小说创作在时代真实性与叙述艺术性方面，已做了出色努力实堪敬重，则更应赞赏的还有在传播渠道与传媒实验方面，又有进一步拓展。

这就是充分利用手机网络时代广泛、自由、快捷的数媒传播平台，并着眼于多种媒体渠道的融合打造。

在2013年底中国微型小说（小小说）创作基地揭牌仪式后的中国·武陵微型小说（小小说）现象高端论坛上，播放了由戴希小小说《每个人都幸福》改编的长达十分钟的"微电影"，可谓引领风气之先。他的多篇作品，亦涉足手机与网络媒体平台，如《一串佛珠》进入"手机传媒"，这就给了我们坚定的提示：未来多媒体融合的时空前景无限；小小说与微电影、小品、动漫影像联姻、结合必成趋势；通过手机、网络以及数字电视的各种影像终端，再加上传统报刊的原有渠道，小小说的当代传播，必将空前扩展！

"小说家者流，盖出于稗官。街谈巷语，道听途说者之所造也。孔子曰：'虽小道，必有可观者焉。致远恐泥，是以君子弗为。'"（《汉书·艺文志·诸子略》）

孔子之言，在当前看来，有明显的时代制约与观念的局限。

就小小说而言，"必有可观者"恰切，"致远恐泥、君子弗为"则谬矣。

时至今日，我们甚至可以说，小小说因其灵动精简，其对社会生活的参与乃至点拨，当更为快捷；而小小说作者，更须具有见识的睿智、表达的智慧与艺术的精湛，因而，纯"君子"恐难为之。唯有"大家"，才可有"一粒沙里看世界"的素养与功夫！

作者热爱文学创作，且近二十年来，能不离不弃、甘于寂寞，一直专耕于小小说创作园圃，确应赞许；而又结集十六部，成绩斐然，

彰显出丰厚的功力，实堪敬重；尤其以自己的创作表率与相应的组织活动，引领常德小小说创作队伍整体地大步前行，更功莫大焉。

在此，为武陵人戴希君的小小说创作点"赞"，并期待其未来——更加辉煌！

（原载《小小说家》2015年7月号、《小小说大世界》2016年第4期）

作者简介： 桂青山，北京师范大学艺术与传媒学院教授、博士生导师。

搁在南方春雨里的诗笔
——评戴希微型小说集《爱的谎言》

张文刚

在政法部门工作的戴希，前不久将他新出炉的微型小说集《爱的谎言》赠送给我。从这部小说集的标题来看，我以为是一部关涉爱情的讽刺之作；及至开始阅读以后，我才发现小说描写的内容非常丰富，立意也不在讽刺，而是重在表达一种对诗意的向往和追寻。

虽然这个时代在淡化和远离诗意，但是诗意的东西仍然能够越过粗糙和浅陋成为心灵的清泉。戴希小说诗意的体现是多侧面多层次的。其一，有对童年生活的美好怀想。童年生活是开在人生旅途上最初的也是永远的花朵，每一次走近都是一次心灵的感应和净化。戴希的小说有一种"童年心结"，这也是他用诗意的眼睛守望岁月、打量世界的原动力。他在《奶奶的告诫》《母亲的杨柳枝条》《祖坟》等作品中，表达了对童年自由自在生活的留恋，对怎样"做人"的最初体悟。其二，有对爱情生活的诗意发现。爱情在现代人生活的镜像前已蒙上了灰尘。作者意在拂去岁月的尘埃，找到爱情光鲜的面孔和美丽的眼神。《爱的谎言》《爱情，这玩意……》《只想听到你的声音》等作品，都是在云遮雾罩后抖出人物内心的高洁和美好，因而爱情这件"古典瓷器"在现代生活中倍显珍贵。其三，有对人物美好的精神追求的开掘。《买书》《陌生女孩》等作品,把人物放在"尘境"和"诗境"里塑造,意在表现诗心对尘境的超脱以及诗心与诗心碰撞出的精神火花,虽然"追寻者"在平面化的生活前有时未免显得尴尬,但是毕竟正在努力开凿精神生活的窗子,导引着另一重世界的阳光和花香。

　　转化中折射而出的诗意是一种更加艰难而厚重的诗意。戴希描写的诗意往往不是静态的诗意、完美的诗意,而是动态的诗意,甚至残缺的诗意。他的表现童年生活的作品,与诗心诗情伴随的是母亲的训斥、父亲的迷信思想和自己的顽皮无知,这样写,愈加衬托出童心的可爱和天性的可贵。他的描写爱情的作品,也不是直奔美好的爱情主题,而是设置一些障碍,让爱情在"走动"和"攀越"中慢慢亮出最美的旗帜。生活中纯粹的诗意是很少见的,真正的诗意是从心灵的锤炼和超越中产生的。小说《转变》《父亲》就是写生活中的普通人怎样受到外界的启发或者良知觉醒,最终战胜与超越自己,回复正常的生活轨道和秩序,闪烁着人性的光芒和魅力。

　　就这样一支诗笔,一支搁在南方春雨里的诗笔,一方面承接着天光雨露,书写着美丽的山容水态,另一方面又怀揣着圣洁的愿望,洗涤着大地上的尘埃和污垢。这样就不难理解,戴希在描写诗意的同时,花费不少笔墨刻画生活中的另一面。但作者并不满足于单纯的展览,不仅仅是对"恶"的声讨和批判,而是有着更深层次的心理期待,亦即希望用内心里回旋的诗意来净化社会风气,醇化人的心灵。所以在字里行间我们始终听到的是"时而如溪水汩汩流淌,时而如大海激情澎湃"的琴声(《琴声》)。诗意其实就是这样一种召唤。正如作者笔下的"玫瑰与仙人掌",玫瑰是一种抒情形态,仙人掌是另一种抒情形态,只是形态各异罢了,内心都弥漫着、激荡着对生活的无限诗意。

　　我始终确信微型小说是小说中的"诗歌"。没有对生活的剪裁能力和表达技巧,没有对心灵的捕捉能力和感受能力,是难以写出优秀的微型小说的。戴希的微型小说具有这种"诗歌质素"。他的一部分小说借鉴了古典诗歌的结构艺术,即在起承转合的结构空间里尽情地施展笔力,特别是在"转"的关口能把握火候,做到出人意料,而又符合情理。可以说微型小说的看头就在这里:尺幅之内,云山万重而又异峰突起,云雾缭绕而又意脉可寻。当然,要达到这个境界是非常难的。另外戴希还吸收了诗歌心理表现的手法,着意于人物的心灵开掘和情绪追踪,不拘泥于故事的叙述和性格的描绘。他甚至还尝试用寓言和诗歌的体式来写微型小说,不管这种探索是否成功,这种精神还是值得肯定的。

在这个需要拯救诗意的时代里,我们期待戴希创作出更多更美的作品。

(原载2003年7月23日《常德晚报》)

作者简介: 张文刚,湖南文理学院中文系教授,文学评论家。

浅谈戴希小小说的当代性品格

郭虹

文学的当代性,除了可以按"当下"这个时间界定外,其本质意义的界定,还应该包括以下两层含义:第一,指文学作品是否具有鲜明的问题意识,是否具有质疑现实、警醒世人的先锋性。第二,任何时代都有它自身的现代性或曰当代性,尼采曾说"所有的历史最终都来到了现代性"(在当下的语境中,"当代性"这一宽泛的词,其实就是这一意涵上的"现代性"),因为当代性是每一个新颖性的开端都在每一个当下环节中再生的问题。而作为当代人,文学家的任务就在于穿透现实世界的表象揭示其深层的本质,从繁华中看到凋敝,在热闹中看到孤寂,从流行的事物中提取出它可能包含着的在历史中富有诗意的东西,从过渡中抽出永恒。

所以,作家应该立足于瞬息万变的此时此地,从中把握、萃取出堪为经典的质素来。为了使任何当代性都值得变成具有历史意义的古典性,必须把人类生活无意间置于其中的神秘美提炼出来,使之成为永恒的诗意美。

从这一点上来说,任何一门艺术的生命力皆在于其"当代性",小小说亦然,这个判断首先是从小说的历史中得来的。

小说自产生之初就带有"当代性"的特质。小说本是源自民间的文学样式，桓谭在《新论》中称小说为"残丛小语"，班固在《汉书·艺文志》中认为它是"街谈巷语，道听途说者之所造也"。到唐代，官修史书《隋书·经籍志》中仍称"小说者，街谈巷语之说也"（鲁迅《中国小说史略》）。直至明代胡应麟在《少室山房笔丛·九流绪论下》中把杂录、志怪、传奇、丛谈等归入小说一类。清代官修丛书《四库全书》则将杂事、异闻、琐语三类称为小说。总之，传统中的小说属于"街谈巷语"，这表明：其一，小说产生于民间，所反映的都是民风、民情、民心，在民间广泛传播。其二，这一文学样式不仅不被封建统治者所重视，甚至被极力贬低和排斥。虽然后来也为文人接受并有文人专门加工创作，但其文学之末流的地位直至清代也没有改变。小说演变至今，"街谈巷语"之风已逐渐微弱，但小小说却承袭了该文体产生之初的这种特质——草根性。

小小说的这种特质决定了它的当代性。

"草根"直译自英文的 grass roots。陆谷孙主编的《英汉大辞典》把 grass-roots 单列为一个词条，释义是："①群众的，基层的；②乡村地区的；③基础的；根本的。"本人认为，它应该具有两个特点：一、顽强。应该是代表一种"野火烧不尽，春风吹又生"的生命力，新时期小小说的繁荣充分证明了这一点。二、广泛。遍布每一个角落，小小说因其篇幅短小，不需要有大量连续的阅读时间，所以读者甚众，刊载也不需要太多的版面，便于传播。因此，"草根性"就是平民性、广泛性、贴近性。由于贴近生活，小说作者更容易感触时代的脉搏，更容易体验到生活中富有诗意的素质，也就更方便记录现实生活的点点滴滴，并将这些片段组成广阔的历史画卷，在时代的不断变迁中获得永恒的意义。

小小说的创作队伍也体现这一特点，他们绝大多数都是从事各行各业的业余作者，他们的文学素养和文化程度也参差不齐，他们甚至没有专业作家那样娴熟而高超的技巧。戴希就是其中颇具代表性的一位，这位农民的儿子，毕业于湖南卫校，长期任职于基层政法系统。但是，生活的土壤，催生创作的激情，他的作品保留了这个时代生命的活力，呈现出一种健康向上的格调。

因为扎根生活的沃土，可谓源头活水。戴希的创作始于1992年，迄今已发表微型小说三百多篇，其题材可谓广采博取，时空跨越古今中外。戴希说，他的小说题材皆源自生活、工作中的所见、所闻、所历。作品中所叙无一不是身边之事，所写无一不是身边之人。比如《炫耀》中那个虚荣而可悲的七七，昧着良心贪图不义之财反而被骗钱财的裴奶奶，《母亲》中"屡教不改"总吃剩饭的母亲，都是我们熟悉的"当代"人，在他们身上有着鲜明的时代印痕。即使是一只鹦鹉、一条京巴狗也无不折射出"当代"人生世相。这无数的小浪花构成当代生活的广阔图景，因此，阅读他的小小说不仅能看到生活的本相，体会生活的原味，更能感受到时代的生活气息。

小小说的"当代性"还有着更深一层的含义，那就是它在表现当代人物质生活的同时，更能表达、传递着当代人精神生活中最新的震荡和最新的感悟，延续、记忆着人类精神生活中绵长久远的追问、困顿、挣扎、搏斗。戴希的小小说也不例外，它撷取的是一个场面、一段对话、一个镜头，却能表现当代人精神生活中最新的感荡、矛盾、迷茫和追问。它就像一粒种子，饱含着春苗的希望、夏花的灿烂、秋实的喜悦，我称之为"小制作，大担当"。人民文学出版社出版的戴希小小说集《每个人都幸福》，共收录其作品一百五十三篇，这些作品如同闪闪发光的明珠，每一颗都有一个闪光之点，按不同的光点，作者将其分为几大类：有的反映东西文化的碰撞，有的针砭时弊，有的是以动物世界折射当代众生相，还有揭露现实世界的荒谬，可谓主题多样。

还有叙写情感一类，也不乏精品。比如《装修》，取材于当代人生活中的一件平常事，但随着房子装修的进程，一间充满阳光的小屋也随之搭建而成，其间洋溢着人与人之间关系的和谐与美好，感人至深。没有一颗美好的心灵，是不可能营造如此诗意的氛围，传达出如此美好的情感的。这种美和诗意，只要有人类存在就会需要，而不仅是当代——这就是我所谓"可能包含着的在历史中富有诗意的东西"，是"从过渡中抽出的永恒"。

《别林斯基论文学》中说："我们时代的艺术应该是在当代意识的优美的形象中，表现或体现当代对于生活的意义和目的、对于人类前途、对于生存的永恒真理的见解。"戴希小小说集开卷之作《我们都幸福》，叙述的是苏老师与一群有生理缺陷的学生围绕着"我不幸福""怎样才幸福"这两个问题的对话，通过苏老师睿智的启发，最后得出不幸只有一点点，幸福却有那么多，所以"我们每个人都幸福"的结论。这一人生哲理不仅为这群特殊的孩子打开了通往幸福的大门，也向世人开启了一扇可以欣赏清风明月的窗。生活在纷繁复杂的现代社会，人们无可选择地永远告别了田园牧歌式的单纯，常常庸人自扰式地为芝麻小事而纠结，甚至事事追求完美，殊不知残缺才是完美的，正像无与伦比的断臂维纳斯。因此，忽视已经拥有的美好，那才是最大的不幸。作者通过一个很浅显的故事，揭示生活中晦暗不明的现象和生命的超越性意义，严肃地破解生命之谜、人生之谜。作者的意图不外乎通过那些追问和感悟来发人深省，并借以表达善良而美好的愿望：每个人都幸福。我想这也应该是这篇小小说被多次转载，并收入《2009年中国小小说精选》的主要原因。

"当代性"还应该是作家在全球化浪潮冲击下愈发强烈的本土意识和因社会贫富分化而激发的现实关怀。这个集子中最能体现一个作家的社会责任感和道德良知的应该是《良心》。作品以刚分配在派出所工作的公安大学毕业的高才生的视角，叙述了一家私营饲料厂猪饲料被盗后，"我"奉所长之命前去破案的故事。上天助人，"我"顺着蛛丝马迹找到了"盗贼"，但正当"我"因人赃俱获而兴高采烈之时，眼前之景却让我惊呆了：一家三口正坐在桌边用餐，丈夫、妻子、女儿每人端一碗清汤寡水、又涩又黄的稀粥狼吞虎咽。主人告诉我"是猪饲料汤"，那一刻，我似乎什么都明白了，可又什么都没明白。眼前这对下岗夫妻，"病恹恹的"男人希望进拘留所，因为那里有米饭吃，女人一副也是"憔悴的模样"——这一切强烈地震撼了"我"，"我"不仅没抓他们，反而给了二百元的慰问金，并如实报告给所长，盗窃案就这样不了了之。虽然情与法的矛盾伴随国家的产生就已存在，但《良知》却有着"当代性"意义——错位的现实带给人们精神的困惑。事物的本质往往让人触目惊心，一个有良知的人该如何面对，当法律所不能及之时，还得借助道德的力量，可谓言近而旨远。

戴希善于在时代进程中发现问题。这本集子的压卷之作《死亡之约》，取材于历史，却警醒着世人。所谓"死亡之约"说的是唐太宗和朝廷关押的死刑犯的约定。李世民在贞观七年腊月初八，准许在押的三百九十名死刑犯不受任何约束地回家看望他们的妻儿老母，并约好来年即贞观八年九月初四主动返回朝廷大狱伏法，而罪犯们居然没有一个爽约。李世民被罪犯们的诚信感动，当即宣布赦免所有囚犯。故事到这里，"以诚心换取诚心"的主题已经很鲜明了。但作者为了更深一层，在史料的基础上做了大胆的想象和加工。贞观十四年，在国家危难之际，三百九十名被赦囚犯主动请求上战场，英勇杀敌，用自己的血肉之躯换来了国家的安定。这个结尾在前一主题的基础上升华到了"以诚心换忠心"的高度。虽然是历史性的题材，其意义却有着鲜明的当代性。

戴希从历史中提炼出美好，用一个小故事来承载厚重的历史文化内涵，来承载一个作者的社会责任，来呼唤当代人道德的回归、诚信的回归。

戴希的小小说不仅反映了中国社会加速现代化、社会转型和社会矛盾的变化，还反映了人们精神世界的纷繁复杂，以及人们审美趋向多元化的现实。所以，他的作品的"当代性"品格，还表现在不断地求新求变。戴希不仅写小小说，还写散文和诗歌。仅就他的小小说而言，也是随物赋形，格局不一，有的呈现着散文的感性，有的甚至如散文诗章，有的干脆就是诗体，有时也用寓言。就篇幅而言，有袖珍式的，也有稍长一些的，可以说题材广泛，主题多样，风格多变。我们知道，短小的作品，容易予人一览无余的乏味之感，所以，清人刘熙载在《艺概》中指出："断篇宜纡折，不然则味薄。"戴希深谙此道，他的小小说，匠心独运，尺水之中，波澜起伏。比如《良心》不仅情节结构极尽曲折之美，人物心理亦极富变化之妙。接到破案任务，"我""暗下决心"一定"又快又准"地破获此案。由于案件毫无头绪，"我"又"不禁犯愁"。然而天不绝人，"我"终于发现蛛丝马迹，感觉成竹在胸，不禁一阵"窃喜"。但正当"人赃俱获"时，"我"却"大吃一惊"。真相大白之后"我""心生怜悯"，只能选择"忐忑不安"地离开。目睹杂草丛生一片破败的服装厂大院，"我"的心田也一片"荒凉"。直至结案，"我"仍在"遭受良心的折磨"。正如荷加斯《美的分析》中所说："变化产生美。"《良心》带给读者的正是一种动态之美。但是荷加斯又说，"我的意思是指一种有组织的变化"，"因为没有组织的变化、没有设计的变化，就是混乱，就是丑陋"。这就要求作者首先要在合乎生活逻辑的基础上求变化，情节组织合乎情理，这才不会"乱"。其次要在单纯中求变化，这才会产生美。《良心》将单纯的情节线索和复杂的人物心理变化线索交织在一起，单纯中有一种繁复的美感。客观现实与情感世界互为表里，极大地拓展了小小说反映社会生活的空间，也极大地满足了当代读者多元的审美诉求。

戴希总是不断努力使自己的作品从一个侧面凸显特定时期的时代

特征、价值观念、文化取向和审美追求,呈现出鲜明的"当代性"品格。

(原载《青年作家》2010年第8期下半月刊)

丰富的情感世界
——评戴希散文集《释放心情》

彭其芳

读戴希同志的新著《释放心情》，我激动的心一下飞到了故乡安乡，飞到了虎渡河畔安障乡垸内黄山岗上的那个小村庄。

那是个恬静而美丽的小村庄，叫戴家屋场。几栋农舍掩映在树林中，浓重的绿色托出了它固有的寂静和安详，房前屋后有满园的瓜果，还有飘逸着清香的荷塘点缀在村头村尾，秋蝉长一声短一声地在枝头鸣叫，一头老牛惬意地躺在一株大树旁，不停地摇着尾巴，一些鸡不知在禾场上寻觅什么，几只鸽子在村庄上空盘旋了几圈后便轻轻巧巧地落在了鸡群里……这就是我年少时曾经见过的戴家屋场，这就是戴希同志第一次睁眼看世界的地方，这也是这部书情感激流的源头。

戴希是农民的儿子。他的祖先世世代代都守望着这个古老的村庄，守望着房前屋后的土地，从来没有走出这个绿色的山岗和绿色的树林。而他们却坚强地生活，没有在厄运前低头。他在这样的家庭里长大，没有从父辈那里接过黄金万两、良田千顷，而是接过了贫穷，接过了中华民族的传统美德，接过了做人的根本。他是这样写他的父亲的："……祖父的教诲却深深地影响了父亲。为此，父亲常帮孤寡老人挑水、打米、耕种、盖房；借了别人的物什总要还的，还得多还一些；见了行乞者，除了给米给钱外，还请吃饭，尽管家里很穷……一句话，多体谅人家的难处，多让自己吃亏。父亲终其一生乐善好施、含辛茹苦……"（《要做好人》）他是这样写他母亲的："油灯燃烧着……从花容月貌到白发苍苍，母亲夜夜在油灯上忙碌，剥豆、喂猪、做饭、洗衣、纳鞋、缝补蚊帐……灯光摇曳母亲佝偻的身影，宛如摇曳一首缠绵纯洁的歌……"（《油灯》）。他是这样写他兄长的："……哥经常挤时间外出挣钱。风里来，雨里去，除非大病不起……有一回，几个青年农民用竹床将哥抬回来了，原来哥在西堤挑砖烧窑卖苦力时，摇摇晃晃从十多米高的窑上跌落下来……哥敦厚善良，从不抱怨家里四兄弟就他一人当后勤、做人梯。我们兄弟仨无忧无虑地读书，哥给了我们多少资助，说不清……"（《长兄如父》）他还写了嫂嫂和伯父。读读《那年过年》吧，读读《偷红薯的故事》吧，就会顿时明白：他家里那时一贫如洗，饥寒交迫，什么都缺，就是不缺身传言教的道德教育，就是不缺用爱心彼此温暖着，并用爱焕发出来的力量支撑一家人生存的那一片蔚蓝的天空。

戴希就这样从小从父兄那里接过了如山一样厚重的爱，如海洋一般深沉的情，养成了坚毅、朴实、善良的性格，因此他从学校毕业走上工作岗位后，能迎接生活中的种种挑战，能挡住社会上的种种诱惑，始终以一个平常人的心去看待一事一物，真正是处顺境时不变其心，处逆境时不堕其志，做一位正直的人——摆脱了低级趣味的人。因此，他能深深地爱他的妻子，深深地爱他的女儿，爱他周围应该爱也值得他爱的人，并且也像他的父兄一样，常常用不同的方式帮助别人：给替他服务的拖板车的人多付劳务费，天天买下岗女工卖的甘蔗，冒着被传染疾病的危险把温暖送到朋友的床头……如《初为人父》《女儿半岁了》《农民的儿子》等，从中都能触摸到他男儿滚热的心。

因此，可以说他的散文集《释放心情》是一次丰富的情感世界的大释放。释放的是人世上父子之间、夫妻之间、父女之间、兄弟之间等关系中一种最纯朴、最赤诚、最高尚的爱。这是现今社会上一些唯金钱是命的人永远也无法拥有的、比什么都昂贵的财富。

戴希以朴实的语言，以不拘一格的形式，以一位正直人的坦诚，用爱恋编织了这部《释放心情》，这是一本感情真挚而厚重的书，本书的出版是值得祝贺的。这是一部充满亲情友情乡情的散文集，是一部具有道德感召力的佳作。我积极向广大读者推荐这部书。

（原载2003年12月6日《常德日报》、2003年10月31日《常德晚报》）

作者简介： 彭其芳，中国作家协会会员，著名散文家。

浅论戴希小小说创作的意义

高军

小小说创作一直呈现着非常繁荣的状态，风格各异的优秀作品也不时出现，让读者的眼睛为之一亮。

如何使个人创作与时代和人民的关系更加密切，如何在小小说创作大格局中不失个性，等等，这是值得很多作者思考的最基本的问题。如果一个人的创作没有个人的面貌，那么这种所谓的创作又有多大的意义呢？

多年来，我一直关注着戴希的小小说创作，发现在小小说创作队伍里，戴希的创作在解决以上问题方面恰恰是一个值得研究的个例，能给我们很多启发。

戴希长期在宣传战线工作，宣传干部队伍的素养鲜明地体现在他的小小说创作中。他供职的常德市武陵区以"打造产业强区，建设美好武陵"为目标，积极构建"善德武陵"特色文化。戴希的小小说创作倾力于打造"善德"品牌，努力在曲折的故事情节和鲜明的人物形象中辐射正能量。如《其实很简单》写的是一个在单位最胆小怕事的人，可在面对歹徒抢劫妇女时他却"一声怒吼，像狼一般冲向歹徒"，最后唤起和感染周围人的正义感，大家同仇敌忾制服歹徒。小说故事本来比较普通，但作者用艺术匠心去仔细营构，在记者采访时他道出了真心话，当时是才六岁的儿子让他抓歹徒，他觉得不能在孩子面前装孬种被瞧不起。小说揭示的真相让人震惊，但又真实而令人信服，是孩子的善心鼓起了他的勇气，文弱书生模样的他勇往直前的英勇行为又激起了在场所有人的斗志。这篇小说和类似题材的作品相比，气韵之生动，叙事伦理之严密扎实，高下立现。再如《一包烟蒂》写海烟在妻子骆英出差后因闲得无聊帮着整理衣物时，发现非常反感自己抽烟的妻子竟然私藏了一包烟蒂。妻子回来后指责他乱翻自己的东西，对此并不做任何解释，却带着这些烟蒂匆匆出门去见过去自己单相思过的同事艾川，郑重地将烟蒂还给他。这包烟蒂都是艾川以前吸烟后扔掉的，骆英觉得烟蒂能发出艾川的气息，所以一直珍藏着。海烟看到这一切后，心中像打翻了五味瓶一样翻腾不止。作者往下如何处理这个题材呢？那就是坚持向善的向度，让海烟拿出壮士断腕的方式坚决戒掉以前怎么也戒不掉的烟，一身轻松，和骆英相敬如宾地过起幸福温馨的日子。作品中多的是大度、理解、宽容等，读者深深为主人公的善德而感动。在戴希作品中，这类的例子非常多，如《每个人都幸福》中苏浅老师对残障孩子们的善心引导，《太阳》中班主任和全班同学对因病变成秃头的女孩雨馨的善举，《一串佛珠》中"我"对朋友用尽心思索回那串佛珠的善意理解等，都是典型的代表。

只有在创作中力求以情理触动人心，才能吸引和感染读者。也只有具备了这样的品性，才具有艺术的高品位。戴希在创作中，即使写古代历史题材也非常注重对人性的挖掘，直抵人们心灵深处最柔弱的地方。《特别赏赐》写唐太宗的叔岳父左骁卫大将军长孙顺德贪腐事件发生后，很多大臣都在拭目以待，看皇帝怎样处理这件棘手的事儿，彻夜未眠的唐太宗最终想出一个办法，说长孙顺德贪污受贿二十匹绢绸是因为他紧缺这些东西，于是不顾魏征、胡演等人强烈反对，在众目睽睽之下的朝廷上再赏赐给他五十匹绢绸。长孙顺德就像泄了气的皮球一样消沉、沮丧，唐太宗就又任命他为泽州刺史。此后，长孙顺德竟像变了一个人，大胆用人，廉洁奉公，政绩突出，将泽州治理得道不拾遗、风清气正。作品写出唐太宗那种猫玩老鼠的恶作剧心态中尚有的善意，更关注长孙顺德被羞辱后的人性觉醒。作品立足于人性的深度开掘，在精短的篇幅里描述人物的各种心态，并且写出人物性格的大转变，是很难能可贵的。《死亡之约》中，唐太宗把已被判处死刑的三百九十名囚犯全部放回家，让他们和亲人做最后的告别，但要求他们在来年九月初四日上午之前返回朝廷大狱接受死刑的执行。在大臣们纷纷表示担心的时候，唐太宗说信任是不会被辜负的，"用诚心才能换忠心"。最后所有人员全部返回，唐太宗为之感动，将他们全部大赦。几年后这些人激昂请战，在远征西域中全部壮烈殉国。是人性的觉醒，让他们的人格逐步走向完善。这两篇小说有很多相似之处，展示了作为皇帝的唐太宗的强势霸道风格，但作家善于用心去进行艺术经营，将恶作剧似的率意而为上升为人生正剧，人性和人格得到淬火的同时，小说也完美收官。现代题材《举报》中老人对无辜年轻夫妇吸毒的举报，开拓出人心深层的隐秘世界，同样让人触目惊心，也引发出对孤独老人心灵世界的深度认识，多的是善意的理解。《这个故事我不写不快》写唐亚琼和母亲善意对待劫匪，换回他人性的复归。这些故事都能震撼心灵，引发思考，会把读者深深触动。

戴希对小小说艺术表达同样有不懈探索的努力，让读者的阅读期待得到尽量大的满足。《屈人之兵》写齐王与楚王在争霸中的较量，齐王听从大臣仲渊不战而屈人之兵的建议，办法竟然是高价收购楚国的鹿。楚国上下养鹿越来越多，钱也越来越多，仲渊接着建议对捕鹿有功的人再加大奖励，这样怎么能打败楚国呢？恰恰在楚国最富裕的时候，仲渊开始征伐楚国，此时读者更加疑惑。楚国一直都在毁粮种草，只要对楚国进行粮食封锁，楚国国内就会大乱。最后，楚国对齐国只能俯首称臣。作家有意模糊时代，以此表示出一种长久的警示意义，这是颇具匠心的。《发现》写"我们家"的贵宾犬小宝非常聪明，能在指定的地方大小便，所以家中非常干净。可有几次它在厨房内靠墙边拉尿了。妻子很不高兴。最后才发现，是有风的时候小狗自己推不开卫生间的门才这样的。小说写的是一件小事，但仍然立足作家持续关注的核心词。为增加小小说容量和内涵，戴希有时候还会在短小的篇幅里设置两种或三种不同的结局，让读者有一种别开生面、回味无穷的感觉。这些自觉的艺术经营，无不昭示作者在构筑自己独特的一方天地中的不懈的努力与求索。

（原载2019年7月18日《天水晚报》，发表时题目改为《人物形象中辐射正能量——浅评戴希小小说创作》）

作者简介： 高军，山东沂南人，作家、评论家。已出版文学作品集十余本，微小说被《小说选刊》转载多次，《紫桑葚》收入小学语文教材。

把日子酿成诗　把诗过成日子
——序戴希诗集《黑鸟》

郭虹

余光中是当代文坛鲜见的诗文双璧的大家,他常常把诗歌的笔法引入散文创作,比如意象的繁复纷呈、句式的长短参差、节奏的纡徐有致等,又把散文的技巧用于文学评论,既有真知灼见,又能文采斐然——用他自己的话来说就是有些"以诗为文,以文为论"的倾向。因此,他的散文既具散文的写实又有诗歌的灵动;而他的评论文章则达到了哲学思考与美学诗意的充分调和,使读者在接受智慧启迪时享受到美的熏染。其实在古代,文体之间本就很少这种藩篱,不仅古典散文中有大量篇章具有小说的雏形,比如《郑伯克段于鄢》(《左传》)、《廉蔺列传》(《史记》)等名篇中情节结构、人物性格、环境展示为后来的小说创作提供了极好的借鉴,就是诗歌尤其叙事诗也具备小说的要素,从《诗经》中的《氓》到汉乐府中的《陌上桑》以及被誉为"乐府双璧"的《孔雀东南飞》和《木兰辞》等篇目,情节之精彩、人物之鲜活,完全可以当作诗体小说来品读。

戴希在微小说领域深耕几十年,做了大胆的探索,取得了令人瞩目的成就。近几年,他在创作微小说的同时,其思绪常常逃逸到诗歌里,不仅尝试创作诗体微小说,更发挥其极善于捕捉现实生活细节和稍纵即逝的灵感之优势，将五光十色的生活酿成了诗。继2017年第一部诗集《凝视》公开出版之后，近期又将推出他的第二部诗集《黑鸟》。

《黑鸟》收集了诗人近些年创作的诗歌一百多首，诗人按内容将其分为"家国情怀""美景如画""世态百相""爱情短笛""文化茶座""妙言趣话""人生咏叹""青春絮语"等八个小辑。诗集以《黑鸟》为题，并将《黑鸟》一诗放在首篇，值得细细品味。诗歌开头劈空而来，一个特写：

摆开马步　拉开弹弓　瞄准
弹丸箭一般射去　我家屋后
那棵高高的苦楝树上
黑鸟惨叫一声　落地

这是一个猎鸟的场面，姿势和动作极富画面感，画面本身也没有什么神奇之处，但是短句子，快节奏，又有黑鸟的惨叫声穿过画面而来，视觉冲击的同时又带来听觉冲击——这个画面对乡下孩子来说并不陌生，可接下来的一小节却出人意料：

父亲满脸怒容　冲向我
一把夺过弹弓　折断
又冷不丁地　扇了我一记
响亮的耳光
小混蛋　谁让你射
他可是——你爷爷的魂灵

"满面怒容""冲""夺""折""扇"，一连串动作生动地呈现了父亲的愤怒程度,对他的打骂以及警告我并不以为然,可是父亲却"长跪于那只鸟前"并"沉痛地 掩埋了那只鸟"。其实诗歌到这里也可以结束,然而,诗人却写到了后来:

事后我也悄悄　落了很多泪
忆起儿时的恶作剧
我至今心疼　懊悔　想大哭
父亲留不住　像爷爷一样　走了
父亲的魂灵也会像爷爷一样
变成一只黑鸟吗

我成长了,读懂了父亲,我"心疼",我"懊悔"甚至"悄悄落了很多泪",可是父亲"留不住","我"常常疑惑:他也会像爷爷一样变成一只黑鸟,守护我们的家吗?那种对生命无法挽留的悲哀溢于字里行间。若将此诗当作抒写儿时猎鸟被父亲训斥,年长后又幡然醒悟并怀念父亲之诗来读则嫌肤浅,诗人将此诗辑入"家国情怀"应是另有匠心。千百年来,我们的祖辈在此繁衍,他们不懂环境保护的大道理,却始终对大自然保持一颗敬畏之心,并用一种特殊的方式代代相传。明代学者方孝孺有言:"凡善怕者,必身有所正,言有所规,行有所止,偶有逾矩,亦不出大格。"意思是凡知道畏惧的人,必言谨身正,说话有分寸,行为不冲动,虽偶尔有些出格之处,但不会出现大的过失。是的,心有所惧,则行有所循。正因如此,才青山常在绿水长流,可是今人会懂吗?诗人赋予"黑鸟"这一意象以特殊的内涵,留给人久久的余韵。

综观戴希的诗歌,两点有别于其他诗人的作品。

第一,纪实与梦幻相融。戴希打破文体限制,自觉地将微小说的技法引入诗歌创作。《黑鸟》可以说截取了生活中的一个断面,情节、人物——人物的神情、语言、动作，都是小说具备的要素，并运用第一人称，增加了亲历性和纪实感。戴希的诗歌善于捕捉生活细节：

父亲的手　紧抓我的手
父亲的手臂　把我的手臂
托举成　飞翔的鹰翅
我们在登山呢　好高好大的一座山
然而才过半山腰
父亲的躯干
就慢慢弯成了一把箭在弦上的弓
我不禁勾下头来偷看
但见父亲的脸　沟壑密布
父亲的身躯　已形同槁木
（《我坐在父亲的肩上》）

在父亲的肩上被托举应该是许多人儿时都有的幸福时光，诗人将遥远的记忆与梦幻融合，拓出了一片新境：不要以为今天的一切都是自己奋斗的结果，没有父辈的基石，我们将一事无成，哪怕他们已经作古。戴希的这种手法有时似真似幻：

走着走着
我遇到一个人
走着走着
又遇到一个人
走着走着
…………

我大汗淋漓
（《走着走着》）

　　似乎是写实，又近乎梦幻，这种不带任何感情色彩的平静叙述却带有莫名的神秘感、朦胧感，因此，每一个读者都有可能读出自己的人生体验。
　　第二，哲理与诗意相生。诗歌素有说理的传统，但不能用抽象、直露的理语入诗，而要用具体生动、自然和谐，包含着诗人情怀的形象去表现一定的道理。所以，一首诗要说明一个道理也不难，难的是兼而有味。

关在笼子里的老虎
还有山雀
它们都是
不自由的
那么
让它们不自由的笼子
自己就自由吗

　　戴希的诗歌语言大多平淡无奇，但就是耐咀嚼，有回味，这首《笼子》亦然。人们常常只关注关在笼子里失去了山林的"老虎"和失去了天空的"山雀"，却忽略了同样受人控制的"笼子"，或许"笼子"也因为囚禁"老虎"和"山雀"而扬扬自得。表面上看，"老虎""山雀"和"笼子"没有可比性，因为一是有生命的一是无生命之物，无生命之物谈何自由！诗人却将自己独特的情感倾注于不受关注的"笼子"，并赋予其生命。当你囚禁别人之时，你同时也禁锢了自己，因此你也是很可怜很值得关注和同情的。

戴希勤于观察，善于思考，因此他的诗大多情感内敛，而较少一泻千里波涛澎湃的激情。生活在纷繁复杂的现代社会，人们无可选择地告别了田园牧歌式的单纯，常常庸人自扰式地为芝麻小事而纠结，自感自伤，尤其找不到幸福感。对这种普遍的现代病，戴希有自己的体悟。先是在微小说《每个人都幸福》中表明了自己的幸福观，后又在诗歌《幸福是什么》中做出了形色各异的富有哲理和诗意的表达，但最终还是要归结为"幸福是现实的存在／幸福是一双鞋穿上一双脚／一双脚走出一条路／一条路通向／一个归宿"（《幸福是什么》）。诗意地揭示生活中晦暗不明的现象和生命的超越性意义，严肃地破解了生命之谜、人生之谜。作者的意图无外乎通过那些追问，那些感悟，发人深省。

由于诗人对生活有着很深的感悟，他在找到自己归宿的同时，也把诗过成了日子。我们常说把日子酿成诗容易，要把诗过成日子，就没那么简单，而在这里，诗人做到了：

春风说绿就绿了
鲜花说开就开了
河流说清就清了
百灵说唱就唱了
云彩说笑就笑了
女儿说来就来了
甘蔗说甜就甜了
（《日子》）

甜的何止是甘蔗，也不只是日子，更是一种心境，一种由内而外的自然平和的心境。也唯有这样，我们才可以：

机不可失　失不再来
关键是把握时间
流水汩汩淙淙
像行进的音乐
我们可不能　在岸边
昏昏欲睡
(《把握时间》)

在戴希诗集《黑鸟》公开出版之前匆匆写下以上文字，难免挂一漏万，只愿见仁见智，唯抛砖引玉而已。

在微小说创作之路上执着前行
——小记作家戴希

胡秋菊

戴希从事文学创作二十多年来,笔耕不辍,出版作品集二十二部,作品上百次被转载,多次获全国性大奖。他创作涉及的文体多样,包括微小说、散文、杂文、诗歌等,其中影响最广、最为读者知晓的便是他的微小说。

2018年1月15日,美国著名华文报纸《伊利华报》以一个半版面的篇幅,浓墨重彩地推出戴希专辑,报道其微小说创作的不凡实绩,接着,今年香港《华人》杂志第二期又以整整三个版面的篇幅,再次浓墨重彩地推出戴希专辑,报道其微小说创作的不凡实绩,分别在美国和中国香港地区引起较大反响。

一、文学即人学

戴希热爱生活,为人正直。他的微小说可以分为两大类,一类主要是抒写人性与人情之美。如《想听听你的声音》《奶奶的告诫》《爱的谎言》《永远是朋友》《想念白雪公主》《租个男友陪病父》《可怜天下女儿心》《母亲》等。《想听听你的声音》将异性之间纯洁无瑕的关爱与友情,描绘得感人至深。

戴希的作品立意积极健康，旨在挖掘生活中体现正能量和主旋律的真善美。《其实很简单》和《每个人都幸福》就是典型代表。《每个人都幸福》里，苏浅智慧地开导、帮助一群残障儿童，教他们如何看待和理解自己的幸福。"每个人只有一点不幸，却有许多意想不到而又弥足珍贵的幸福"，道出了普通人解码幸福的秘诀。

戴希的另一类微小说则是针砭现实、讽刺生活中不合理现象的社会题材类小说。他善于用幽默夸张的笔法，去关照映射笔下人物扭曲的、貌似一本正经却荒诞不经的所作所为。又如在代表作之一《危房》里，不动声色的叙述中，深藏着极度愤慨的情感波涛，使小说具有打动人心的张力。这类作品指向的都是我们并不陌生的社会现象，戴希善于抓住典型现象，取材独特，作品令人深思，拍案叫绝。

文学即人学。戴希心忧天下的忧患意识和强烈的社会责任感，使他写尽人生百态，写透芸芸众生，将一篇篇微小说精品呈现给读者。

二、不断尝试常写常新

"我写微小说从来不是为了成名成家，纯粹是为了充实，为了消遣，为了快乐。"谈到创作初衷，戴希告诉记者。

正因有一颗平常心，戴希的创作从容淡定。作品发表了，转载了，获奖了甚至成名了，照样云淡风轻，只当自己幸运。这么多年，他写作从未畏难过，不断尝试创新。从题材上看，历史的、社会的、人生的、情感的都有涉猎。从人物来讲，上至皇帝，下至平民，甚至小偷，都试着刻画。从写法而论，诗歌、散文、杂文、小品等文体的艺术技巧，作者能借鉴的都尽量借鉴。为了把微小说写得如杂文一般深刻犀利，他刻苦地练过杂文；为了把微小说写得比散文更有亲和力，他潜心创作散文，并出版了《释放心情》和《只想听到你的声音》两本散文集；为了把诗歌的弹性、内敛、突兀、诡异移植进小说创作，他经常读诗，利用诗歌体裁写微小说，还出版了《三月深处》

和《凝视》两本诗集。

经过多年的刻苦尝试，戴希成了讲故事的高手。综观戴希的微小说，无论几十字，还是上千字，你都难找出多余的字、词、句，你会发现他用字用词用句几乎到了吝啬的地步。也许，短到不能再短，是戴希的创作理念。

在故事情节的安排上，戴希的微小说也极具特色，特别注重波澜起伏。读戴希的微小说，大多有跌宕起伏、余音绕梁之感。他笔下的人物看似简单，却是集世间芸芸众生于一身。他笔下的故事看似信手拈来，却极富生活气息，让读者深陷其中。仿佛他写出的不是文字，而是一段人生、一段历史。

正如作家林非所言："戴希的微小说简练、精致、有趣，并涵深意，乃上乘之作也。"

三、愿武陵微小说传播更远

作为武陵区文联主席，戴希觉得，自己不仅是一名作家，更应担负起地方文化品牌建设与文化传播的重任。在他的带动下，武陵区微小说创作成了一股清流，微小说作家达到四十余名。其中，位居"中国小小说五十强"的就有戴希、伍中正、白旭初，在全国有较大影响的微小说作家还有欧湘林、刘绍英、夏一刀、唐静、聂鹏、彭美君、李海蠡、郭虹、王祉璎、唐波清等。如此多的微小说作家聚集在武陵，互相学习，形成合力，武陵微小说创作硕果累累，每年在《小说月刊》《小小说月刊》等全国各地报刊上公开发表微小说作品数百篇，其中多篇作品被《小说选刊》《微型小说月报》《小小说选刊》《微型小说选刊》等权威选刊选载，湖南人民出版社还公开出版了《武陵小小说精选（汉英对照）》一书。这种现象逐渐引起国内外文学界的重视。中国作家协会副主席陈建功、白庚胜、叶辛，美国全美中国作家联谊会主席、美国纽约商务传媒集团董事长冰凌，欧洲华文作家协会会长朱文辉等，均对武陵微小说文化品牌寄予了高度评价。

　　成为武陵微小说群领军人物的戴希，多次应邀参加国内外微小说活动，推广武陵微小说与武陵文化。2016年9月18日，戴希在泰国曼谷参加第十一届世界华文微型小说研讨会，并在会上发表题为《我们怎样助推微型小说发展》的专题演讲，全面宣传和推介武陵微小说。通过他的积极奔走，全国首家中国微型小说（小小说）创作基地、中国作家协会《小说选刊》创作基地、中国微电影创作基地先后落户武陵区，而武陵区连续五年举办的武陵国际微小说节，更让这一地方文化品牌越来越响亮。

　　戴希说，他期待武陵微小说精品更多，传播更远。在他看来，世界已进入微时代，微时代需要微小说。因此，创作之路上，他会风雨兼程，执着前行。

（原载2018年4月21日《常德日报》）

　　作者简介：胡秋菊，《常德日报》记者，作家。

以文字之光,折射生活的万花筒
——读戴希小小说《画家与商人》等新作有感

李亚民

偶然的机会,在一位我很尊敬的老师指导下知道了戴希。不识其人,只闻其名。

待老师给我发来戴希的文章,我才有幸走近这样一个小说名家。

都说对一个作家而言,最大的尊重是用心读他(她)的作品,了解其所思所想,体悟其精神高度。读戴希的作品,由此印证了这句话的真切含义。读罢,不禁感叹:"大腕就是大腕!名家就是名家!"

我,从一个读者的角度,去走近一个著名小说家。我,之于戴希,只是陌生或者熟悉的众多读者中的一员。

或许,以后我也可以尝试着,以一个作者的身份,去迎向另一个作者。此为后话。在这里,只说说我读戴希小小说《画家与商人》等9篇新作的所感所悟所得。小孔之见,若有不妥,请批评指正。

当金钱和艺术,同时作为天平的两端,呈现在商人和画家面前,会演绎出怎样的故事?在原载于《延安文学》2019年第2期的小小说《画家与商人》中,作者戴希搭建了一个精致的舞台,在这个舞台上,两人几经较量,最终谁胜谁负?实际上主宰这个天平的,是智商的比拼,是价值观的博弈,也是人性的真实反映。精明也好,痴迷也罢，人各有所好，亦皆有所长。见仁见智吧。

而《投案自首的小偷》，剧情则有些滑稽荒诞，最终以浓厚的喜剧色彩收场，里面还植入了可贵的自省、向善的美德，虽然只是虚构的故事，读来却让人感到温暖。

《新新乞丐》颇具辛辣意味，让人想起多年以前冯巩和牛群的著名相声《小偷公司》。同样的素材和故事主角，如果说后者更多的是以幽默的语言、丰富的想象讥讽形式主义的装模作样、可笑丑态，那么前者就是以犀利的文笔、写实的手法，无情地揭露利用人性之善良行骗的不劳而获者的卑鄙嘴脸。可谓异曲而同工之妙也。

《升迁捷径》剧情反转，令人出乎意料。故事只是故事，各种滋味，且待读者自己品评。

《每个人都幸福》，是个温情的故事。故事里的人很普通，却很亲切、生动，有着感人的力量。

最精彩的要数《穿袜还是戴帽》。一个家庭的故事，两种不同的文化，价值观的碰撞，生活琐事的冲突，几乎都是细节，但这些可爱的、可恼的、可气的生活细节，却是一幕幕不同文化背景的两个人，在组建家庭之后，面对共同生活时的迷茫与困惑，在面对下一代教育问题上各自对文化传统的固守与坚持。真真应验了那句话："理想很丰满，现实很骨感。"两个人相识相恋之初相互吸引的美好，终究抵不过现实生活鸡零狗碎的平淡与粗糙。朦胧的爱情让人沉迷陶醉，而婚姻的现实又让人如梦初醒。小说让人读后忍俊不禁的同时，又引发诸多感慨与思考。这样的文章，要说不喜欢的确是说不过去。看来，先是刊载于《安徽文学》2018年第11期，接着又被《小说选刊》2019年第1期转载，绝对不是没道理。读者，眼睛总是雪亮的。

《红色收藏》紧扣当下反腐主题，故事小而意蕴深，迷雾重重，终究水落石出，云开月明。正能量！

《别样考验》同样是反腐题材，写法却截然不同。守初心，守底线，防风险，为了做一个干净、有担当的新时代共产党人，可谓绞尽脑汁啊！说到底，一颗红心献给党，可贵，可歌，可赞！希望更多人像他们一样，洁身自好，警钟长鸣。这篇小小说，倒是可以作为廉政教育正面教材，推荐给更多人阅读。

《只想大哭一场》，平常的故事，离奇的经过，意外的结局。这篇小小说选材不是很新颖，结构及语言却是富有特色。

概言之，戴希，是在以小小说的手法，挥洒自如、游刃有余地描述世态万象和人间百态，是以文字之光折射生活的万花筒。在他的那些文字里，有着五彩缤纷、光怪陆离、美妙绝伦的大千世界。

一个小说家的世界，也是很多普通人的世界。既陌生，又熟悉。既在远处，又在近旁。虚虚实实，真真假假，演绎着是非纠葛与美丑善恶。

(原载2019年10月15日《新江北报》)

作者简介：李亚民，河南省灵宝市作家协会主席。

戴希和他的写作新尝试

冷清秋

戴希新创作了一组作品，叫作"新探索小小说六题"。

它的关键不在于"新"，而在于"探索"——因为它已经超出我们常规对于小小说的判断和理解，似乎是要探讨诗与小小说结合的可能。

这里讲的不是"诗意"在小小说叙述中的呈现，而是诗的形式对于正常小小说叙述表达的取代。

这可真是太大胆了——长得像诗歌样子的小小说？似乎有点匪夷所思，而且这样的文本如何反证自己其实是小小说，恐怕也殊为不易。但是这个思路很有意思。因为真的是有这种情况的。

门槛
　　/ 屠格涅夫

我看见一所大楼。

正面一道窄门大开着。门里一片阴暗的浓雾。高高的门槛外面站着一个女郎……一个俄罗斯女郎。

浓雾里吹着带雪的风,从那建筑的深处透出一股寒气,同时还有一个缓慢、重浊的声音问道:

"啊,你想跨进这门槛来做什么?你知道里面有什么东西在等着你?"

"我知道。"女郎这样回答。

"寒冷、饥饿、憎恨、嘲笑、轻视、侮辱、监狱、疾病,甚至于死亡?"

"我知道。"

"跟人们的疏远,完全的孤独?"

"我知道,我准备好了。我愿意忍受一切的痛苦,一切的打击。"

"不仅是你的敌人,就是你的亲戚、你的朋友也都要给你这些痛苦、这些打击?"

"是……就是他们给我这些,我也要忍受。"

"好。你也准备着牺牲吗?"

"是。"

"这是无名的牺牲,你会灭亡,甚至没有人……没有人知道,也没有人尊崇地纪念你。"

"我不要人感激,我不要人怜惜。我也不要名声。"

"你甘心去犯罪?"

姑娘埋下了她的头。

"我也甘心……去犯罪。"

里面的声音停了一会儿,过后又说出这样的话:

"你知道将来在困苦中你会否认你现在这个信仰,你会以为你是白白地浪费了你的青春?"

"这一层我也知道。我只求你放我进去。"

"进来吧。"

女郎跨进了门槛。一幅厚帘子立刻放下来。

"傻瓜！"有人在后面嘲骂。

"一个圣人！"不知道从什么地方传来了这一声回答。

如果初次读到上面这篇作品，有人告诉你，这是一篇小说，恐怕你未必会真的很怀疑。因为它读起来确实可以"算得上"是一篇小说——多多少少是有小说的味道在里面。

但如果你知道这一篇作品的背景，或者是顺手搜索一下，会看到下面的内容——

《门槛》是俄国作家屠格涅夫写的一首散文诗。
作者是用对话体来组织全文的。

你也许要感到困惑了。这是散文诗？！翻回去重新读一遍。再琢磨一下。嗯……是有那么一点诗歌的感觉——可是……这到底是咋回事？

我们可能并不具备阅读俄语原文的能力，但是我们已注意到这个现象：也许在翻译的过程中，造成了原文诗意的流失，所以我们看到的中文译本，就给了人更多小说的感觉——虽然细心咂摸，还是能从字句之中感受到很多诗歌特有的韵律的跳跃感。

所以这就是戴希的创作所触及的领域——诗歌的特质向小小说的融入。

只不过这篇《门槛》是以这样一种意外、独特的方式展现在我们面前。可以说完全是歪打正着。当然，也许你依然会对此疑虑，那么我们再给一个更正式的样本：

三少爷的剑（片段）

/ 古龙

剑气纵横三万里。

一剑光寒十九洲。

残秋。

木叶萧萧，夕阳满天。

萧萧木叶下，站着一个人，就仿佛已与这大地秋色融为一体。

因为他太安静。

因为他太冷。

一种已深入骨髓的冷漠与疲倦，却又偏偏带着种逼人的杀气。

他疲倦，也许只因为他已杀过太多人，有些甚至是本不该杀的人。

他杀人，只因为他从无选择的余地。

他掌中有剑。

一柄黑鱼皮鞘，黄金吞口，上面缀着十三颗豆大明珠的长剑。

江湖中不认得这柄剑的人并不多，不知道他这个人的也不多。

他的人与剑十七岁时就已名满江湖，如今他年近中年，他已放不下这柄剑，别人也不容他放下这柄剑。

放下这柄剑时，他的生命就要结束。

名声，有时就像是个包袱，一个永远都甩不脱的包袱。

这行文风格有没有诗的感觉？

这其中的技巧就在于，在语句中稍微保留诗的音韵感，然后行文段落上向诗歌的简洁靠拢，放弃常规小说叙述语句间结构关联上的缜密效应。这样既有了诗歌的感觉，又没有丧失小说的模样。

所以这就是为什么说戴希的"新探索小小说六题"已经跃出我们常规对小小说的认知，它展现的更多的是一种对小小说的探索意图，尝试寻找出在诗歌的外壳下小小说表述的进一步可能。

但是这显然太不容易了，失去了小小说的外在形式，文本连自证小小说的身份都变得极为困难。可是，我们又不得不说，这真是一个出奇大胆的想象。

毕竟小小说这一文体依然在成长中。尤其是近年来，随着80后、90后，甚至00后这些新生派作家的融入，带着他们这个年纪对于小小说的理解和认识，一些表现手法更为新异的小小说模样正在诞生和逐渐形成。所以，也许真的没有什么是不可能的。

但万事开头难，小小说到底能长成什么样子？这依然是一个待定的问题。小小说作者也在不断的摸索中成长。虽然很难说这种尝试究竟能走到哪一步，但是对于一种文体的热爱会促进对文体无休止的探索和尝试。

这是一件有意义的事情。

(原载2017年3月24日《常德民生报》)

作者简介： 冷清秋，河南作家。

戴希微小说的情节技法与人性创意

刘海涛

戴希的微小说从情节技法到人物描写都很符合这种文体的艺术章法。他用"微小说感知方式"去抓住生活中的传奇事件,展现微小说的情节趣味和探索人性的深邃立意。

《笑》的情节主干连写了几个反常的细节:仲、车、鲍三个副局长对墨局长失去笑容而感到疑惑;办公室千主任对墨局长不再微笑而想入非非;老婆担心他在外面另有新欢;女儿则猜想父亲病了。这几个"异形同质"的材料已把这篇微小说的情节悬念渲染透了,墨局长究竟怎么了呢?结局的高潮突然亮底:原来墨局长在华山旅游时摔掉了门牙,他怕人"笑"。这就是微小说经典的"释悬曲转"技法——解开墨局长反常的原因,却是几个人以及读者怎么都猜不到的"曲转"的结局。微小说的机智构思就是这样——通过释开不断"斜升重复"的悬念,形成微小说的阅读情趣。

《因为母亲》也有一个"反常"情节:一个杀人如麻的罪犯,在母亲面前却不敢露出任何凶险状而乖乖地束手就擒。这真实地写出了一个罪犯的"二重组合"性格。在《祝你生日快乐》里,戴希通过芦苇岸的网恋情人送给老婆的玫瑰花做生日礼物,而产生故事的三种结局，耐人寻味地完成了一个微小说"多义故事"的结构。

不论情节的"悬念设置"，人物的"二重组合"，还是故事的"多义结局"，戴希用这些微小说的机智构思，表达的却是揭示人性深层内涵的文学创意。《笑》概括的是普通人内心深处的"怕官心理"；《因为母亲》解释了负面人物身上也有一种尽孝的善心；《祝你生日快乐》更是直指人类深层爱情心理中的自私与排他。能在微小说中很好地写出人性的深层内涵，证明戴希作为中国微小说代表作家已形成自己独特的文体风格与创作个性。

（原载《小说选刊》2018年第8期）

历史题材中的人性创意
——戴希历史微型小说的创作方法

刘海涛

戴希写有一批历史题材的微型小说，主角往往是以唐太宗等人为代表的帝王将相；题材常常是历史大事件中的与某个物品相连的小故事；又常常是在一个故事场面里将情节悬念或做斜升重复，或做曲转强化；到了高潮部分则通过主人公之口全点破悬念的谜底，艺术地实现微型小说"既出意料又入情理"的"转折结局"。戴希的历史微型小说之立意，既涉及平民百姓的普遍人性，也涉及帝王将相等历史大人物的深层人性，甚至涉及一些罪犯、恶人、贪官等的隐藏在人性深处的良知和善根，表达了作家希望一种开明、包容、宽恕的意识能够唤醒负面人物的善心，能让他们改邪归正、重新做人——这样的微型小说主题创建，卓有成效地提升了微型小说立意的内涵质量，扩大了微型小说文学创意的外延，展现了一种"微小说+大历史+深立意"的艺术风貌。

《死亡之约》的故事主角是唐太宗李世民，故事内核是——唐太宗放死囚回家与亲人相聚，约定来年返回朝廷大狱伏法，结果这些死囚如期回到后被唐太宗特赦。而核心细节则贯穿在朝廷签约、朱雀大街围观等几个场面里的人物言语、动作、对话的细致描写中。情节材料的结构框架是"正常+反常+骤升"。但我特别要说的是,戴希在处理上述结构模式时有着相当成熟并符合文体创作规律的文学技巧。

作品先写唐太宗到大狱中看三百九十名判了死刑的囚犯。这个场面里出现了一个与唐太宗具体对话的徐福林——徐福林下跪磕头,告诉皇帝,"想回家与父母妻儿做最后的话别",唐太宗当即做出了与三百九十名死囚签"死亡之约"的决定。而在高潮细节里,清点回归的囚犯时,恰恰缺的就是这个徐福林。这个细致渲染的二号人物的故事将微型小说的悬念渲染到了极致,也将三号人物戴胄及众多民众对唐太宗决策的怀疑态度以及我们读者的期待心理放大到了极限。徐福林最后"抱病返狱",证实了唐太宗的道德感化和仁义教育的合理与有效。徐福林的"波状斜升"的故事,促成了唐太宗"从签约到特赦"的一种"重复斜升"的情节过程。徐福林的故事虽然并不在唐太宗的故事内核里,但徐福林的这一条情节线索,却能推动故事内核中关于唐太宗的核心情节的变化。我姑妄猜测:历史典籍中可能有唐太宗特赦的记载,但不一定有徐福林的具体素材,这是戴希调动了微型小说创作的形象思维——虚构和想象出徐福林这条线索的人物故事。戴希的历史微型小说的创作显示了这样的艺术方法:抓住主要人物唐太宗的重大事件的内核后,围绕着自己的立意,虚构、想象历史上没有记载的人物,并让他组成与故事内核相连相配还能推动故事内核主线发生艺术变化的"第二条情节链"。

我接着要讲的是,戴希构思唐太宗与众死囚"签约"和"兑现签约"的文学情节,究竟想创建一个什么样的文学立意呢?唐太宗之所以敢放死囚回家,是他觉得这些死囚的身上"敬老爱幼"的良心未泯;唐太宗在"返期"未见徐福林时仍然相信他——这两个"重复斜升"的情节,让我们看到了唐太宗一颗包容、宽厚的仁爱之心,从唐太宗这个与别人不同的人性内涵中,我们领略到了唐太宗施仁爱、求道义的治国大略。敢写帝王将相的人性,并从这个帝王将相的人性中来透视盛世时代的治国方针，这就是戴希历史微型小说的"大历史+深立意"。戴希为传达这样的创意，特意虚构徐福林及其他三百八十九个死囚最终被特赦，并勇赴战场、以死报国的结局，实际上也是合理地写出死囚们仍心存"敬老爱幼"的善心和良知，这是典型的人性内涵中的"二重组合"。死囚们的善心和良知是能够被爱心和道义唤醒的，戴希的微型小说写出了这样真实的"二重组合"的人性，不仅深刻新颖，还创下了文学立意的深广涵盖面。

综合这些分析，可以这样小结：戴希的历史微型小说对"正常+反常+转折"的微型小说写作公式做了相当文学化和审美化的发挥与运用。"正常+反常（第二条线的悬念渲染）+转折（第二线推动第一线变化、创建人性深广内涵）"，这样的文学性的改造和运用，一是更鲜明地突出了微型小说的文体风格，二是更深刻地创建了微型小说的文学立意。

（选自《微型小说选刊》2018年第17期）

对生活的深情凝视
——评戴希诗集《凝视》

汪苏

我长期致力于湖湘文化研究,尤其是近年来对于湘西北小说流派的研究,阅读了大量作品,并有幸与这个领域的小说名家得以相识和深交。而常德作家戴希就是借这个机缘成为故交的,在长期与戴希交往的过程中,他的勤奋和执着深深地打动着我,他一步步用汗水创造着奇迹,他的微小说创作成了常德的一块招牌。他运用朴素的语言表达出深邃的思想,跌宕的情感,为读者提供了丰富多彩的文学作品,为当前微小说的创作提供了丰富的实践经验和理论总结。在关注他的小说创作之余,我自然而然了解了他的一些诗歌创作。基于笔者对当代诗歌自由过度的反感,有时随口妄加点评,过后也不再思量,最近当戴希忽然把他即将出版的诗稿《凝视》交给我时,我真的感到非常震撼。这才发现,戴希在诗歌创作方面,也竟然这等高产、执着和坚守。压力之余,认真拜读了戴希诗集《凝视》,感触良多,心波连绵。

戴希的诗作自然流畅,娓娓道来,洞穿肺腑,有强烈的聚焦现实的意义。其诗集冠名《凝视》也正是如此。

古人云:"诗言志。"就是说,诗歌是表达人们的内心情感的。诗歌中蕴含的内心情感绝不是诗人的任意发挥,而是从现实生活中得来的。尽管人们可能因为生活境遇的不同而对诗歌的本质有不同的理解，但是，只要是真正的诗人，他就无法拒绝现实生活在诗歌情绪生成中的决定意义。戴希诗歌精简短小，平铺直叙，很多直接来源于诗人惯常生活的片段截取，从不同的视角去表达诗人内心的思维、观念和声音。所以，我认为戴希诗歌最显著的特点就是其深刻的思想性。思想性是戴希诗歌的灵魂，他的诗歌作品，常常在直言不讳的情况下三言两语就将一个对于现实社会的问题和思维植入到读者的头脑中，迅速抓住读者敏感的神经，使读者具备剪不断理还乱的情由。我想，这一点得益于他的微小说创作，让诗歌插上了思想的翅膀。正如其诗集中的《新闻》所描述的那样：

…………

女儿问我新闻有什么好看
我说新闻关系国家大事
女儿眨眨眼还是摇头

…………

我问女儿日本动漫有什么好看
女儿说日本动漫离奇火爆
我呵斥别提日本提日本我要拿刀

女儿又像看新闻一样看我
我也像看新闻一样看女儿

父女两代人，生活在同一个屋檐下，思想和价值观却截然不同，即使对于看电视这样一个小小的生活问题，亦很难得到互相的谅解和沟通。这反映了在社会价值观错位下两代人之间的隔阂和尴尬，作品立足社会，深入生活，让读者感同身受，情不自禁地产生共鸣。

虽然现实生活是诗歌情绪产生的基础，但这并不是说只要生活着就会有新的诗歌情绪产生。诗人的生活范围不应当只局限在个人的小圈子里，而应该面向广阔的社会生活，与普通大众生活在一起，进入他们的精神世界。其诗作《天气变化》意味深长，戴希借助打雷下雨的自然现象来讽刺社会生活中只有声势而没有实际行动的不良现象，令人深思，令人惊叹。

　　戴希是通过文艺作品向现实生活宣战的斗士，他的很多微小说直接揭露当前社会现实下的种种矛盾，在诗歌创作中，戴希的很多叙事诗也直言不讳地道出时下社会生活的集中问题，并将其提升到民族文化和价值观的高度。对于真正的诗人，生活与艺术是统一的，诗歌的情绪蕴藏在深厚的生活土壤中。《亲情》正是这样一首诗：诗歌从社会生活现实出发，刻画了一个农村贫困子弟，在亲戚含辛茹苦的帮扶下考进大学，走上仕途后返乡工作遇到困境，亲戚们提出一连串貌似合理，却又违反组织纪律的请求，使得主人公陷入骑虎难下的境地。诗作通过亲情这个视角并结合农闲文化和当代青年的个人困惑来表达自己对于腐败的看法，发出了时代的最强音，发人深省，引人深思。在思维的延续和不熄中将叙事诗的思想性推向具有社会生活意义的思辨，展现了戴希作品凝视入世的精神力量。

　　虽然戴希在诗歌创作中使用了很多小说创作的艺术手法，但读诗不同于读小说，需要反复吟诵和品味，才能实现与诗人的心灵沟通。戴希的诗集《凝视》隽永，震撼，意味悠长，具有强烈的现实意义。作为诗评，最客观的办法就是把作品以最简捷的方式介绍给读者，也希望诸君品评欣赏，互相交流，深为好作品和好诗人欣慰。

（原载2017年6月23日《常德民生报》）

论戴希微小说语言的张力

汪苏　姚辉艳

汉语,这一世界上使用人数最多最古老的语言,以其质实、蕴藉的艺术魅力光耀千古。历史上,每一次文学进步几乎都与汉语语言艺术的发展同步,单拿唐诗来说,如果没有前代语言学家对诗歌语言韵律的研究,唐诗就难以达到如此高度。而在区分作家及作家群体之间的风格上,语言也是其中极其重要的因素,诸如"山水""田园""边塞""诚斋"等,都与作家作品的语言有着莫大的关系。作家驾驭语言的能力,是语言变为艺术的关键。

常德市武陵区著名微小说作家戴希有着扎实的文化素养,他的微小说语言质朴典雅,往往言在此而意在彼,但又朴素通俗,读时尤为惬意,读罢回味无穷、意犹未尽。戴希的很多作品被《小说选刊》《散文选刊》《杂文选刊》《诗探索》《文摘报》等报刊转载,他出版了《贴着大地行走》《想听听你的声音》《死亡之约》《凝视》等二十六部文学作品集,荣获过冰心图书奖、小小说金麻雀奖、世界华文微型小说大赛奖等多个文学奖项。其作品在评论界大获好评,很多知名评论家阐释过他的作品内涵并总结过他的创作规律。关于他的作品评论很多,但专门论述其微小说语言艺术的很少。我认为,戴希微小说创作的成功与他驾驭语言文字的能力是分不开的。他的微小说语言有自己独特的魅力,其中最突出的一点就是其审美张力。

"张力"(tension)一词本不是本土生产的,它来自新批评学派的一个概念,取自内涵(intension)和外延(extension)中去掉前缀后的核心词,其实质就是内涵和外延协调的状态。所谓好的文字富有张力,即在不影响文字表面外延的情况下,其内涵尽可能地丰富而有层次,且连贯一气。一般而言,凡是存在既对立又联系的力量冲动或意义的地方都存在张力。戴希是微小说大家,同时也是语言大师。他兼采众长,却没有以某一种语言为范本进行写作。他的微小说语言中暗藏着诸多社会历史因素和心理因素,在很多语言的辩证矛盾中寻求一种特殊的方式,试图以这种方式抒写一种矛盾的心理,从而在矛盾与矛盾的对接中给人幽思,给人启迪,给人春风化雨式的心灵慰藉。他的这种语言张力具体表现在以下三个方面。

一、准确与模糊的对立统一

语言准确是指努力使语言表达更加符合客观实际,准确无疑,确凿无误,事实、数字甚至细节都确实可靠。遣词造句,要求语义明确,不能模棱两可。所叙述的概念,只能做单一的解释,不能让人产生歧义,也不能让人做出多种理解。通过语言传达出来的这种真实、准确,自然会让人们从真实的角度体会美,因为真和善永远是和美相联系的,而且美也必须通过真和善来体现,这就是真善美的辩证统一。

语言模糊一方面来自语言本义的不确定性,另一方面也来自作者有意创造的模糊表述。模糊语言的应用是独具特殊功能的,它的应用实际上不是使语言增加不确定性,而是在相当程度上,使语言更趋于准确、严谨,而且表达上也更简约、精练。在这些环节上,模糊语言发挥着独特的作用,这是指向确定的语言不可替代的。从这一点来说，写作过程中模糊语言的使用，也正是文学审美特征的体现。恰当把握，把模糊语言用得恰到好处，能更好地从这个角度体现文学的审美特点，提高文学写作的质量。

戴希的微小说《债》开篇回忆"我"小时候被人打劫和打劫别人的经历，剧情跌宕起伏。作者运用大量的动作、心理、神态等细节描写，刻画"我"从受害者转化为施害者，把当时的场面和"我"的心情准确细腻地表现出来。从这段准确的回忆，可以看出"我"小时候欺辱别人的经历一直没能抹去。长大后，"我"后悔不已，渴望被原谅，可沧海桑田，世间万物早已改变，这件事就成了"我"心中永远的刺。"我"也想过补救，但于事无补，因为花多少钱也买不来良心的救赎。文章末尾感慨"或许在人间，有些东西是根本无法偿还的，也永远偿还不了"。这句话发人深省。"有些东西"一词，由实表虚，由表及里，从物质的到道德的，作者有意虚化，模糊指代，让人感受到其全身心的痛苦和无奈。

戴希作品《里程碑》也有此体现。《里程碑》讲的是化学老师鲁黎以做实验的方式告诉新生高中三年应该怎样度过。鲁黎老师把班上同学平均分为三组，第一组学生苦不堪言，由于不知道目的地，一路上漫无目的地走，不知何时才到尽头。而第二组学生比第一组情况要好，因为知道目的地，心里有一个希望，但在路途中，不少同学叫苦不迭，行进艰难，在老师的催促下才顺利到达目的地。第三组同学由于对目的地和总行程了然于胸，路上还不断出现里程碑，不但没有消极抱怨，反而有说有笑、精神饱满。最后，鲁老师语重心长地说，你们反复地问我高中三年究竟怎么过，现在，我已把答案告诉你们。同学们恍然大悟。

面对同学们的发问"高中三年究竟怎么过"，鲁老师没有采用口传心授的理论教学模式，而是用一次别出心裁的户外之行，让他们亲身去感受"答案"。作品中，作者详细、准确、大篇幅地刻画三组学生不同的表现和感受，文章最后，老师没有给出统一的答案，只意味深长地看看全班学生，并说"我已经把答案告诉了你们，仔细想想吧"。立刻，学生们茅塞顿开：心中有目标，树立阶段性里程碑，就会在过程中怡然自得、不骄不躁。鲁老师的启发看似模糊，没有说任何有实质意义的话语，但事实恰恰相反，反而让学生心里十分触动，达到了此处无声胜有声的效果。如果此时让老师说出一些冠冕堂皇的大道理，反倒会扼杀学生的想象空间，使鲁老师成为索然寡味的说教者，使这篇微小说毫无意蕴。因此，有时候故意让语言模糊化会给读者留有余地，激化读者的想象空间，从而使整个作品更有韵味，更有值得挖掘的深刻内涵。

这里，准确和模糊的对立统一使文章虚实结合，极大地激发了读者的想象空间。

二、规范与变异的殊途同归

语言不是一成不变，而是与时俱进的。语言变异是社会发展的必然，也是时代发展的产物。社会各个阶段、各个领域的发展都会给语言变异提供一个生存的舞台。急剧变化的时代，导致人们的文化心态和审美需求也发生巨大的变化，所以古今中外，许多著名诗人文豪都醉心于语言的创新。所谓"字字看来皆是血，十年辛苦不寻常""两句三年得，一吟双泪流"，正是作家执着于语言创新的真实写照。尤其近代文学流派中，一些先锋派作家更是对传统的语言模式进行颠覆性的改革，力求在语言的错乱中表现一种人生的无奈和错位。

作家是使用语言的匠人，必须依赖语言这种工具进行创作，但又不能落入俗套。作家是经营语言的大师，许多作家都在现有的语言基础上试图创新，以一种耐人寻味却又朴实无华的语言进行创作。这就涉及语言的规范和变异这对矛盾。戴希成功地把握好了这一对矛盾。他的微小说作品既能尊重规范，又能随时随地、随人随物、随情随景而婉转变化，使语言形式多变、丰富多彩，使作品永葆新鲜感、永具生命力。

戴希微小说《啊，太阳》中的语言紧跟时代潮流，给人一种新鲜感和时代感。作者还打破传统规范，将"太阳"一词创新成了一个新词。在文章中，"太阳"一词，有表里两层意思，表面上就是指"光头"，实际上指温暖和爱心。主人公雨馨由于化疗治病，头发掉光了，心情很沮丧。可回到教室后，发现全班同学都剃了光头，三十多个闪亮的光头，每个都像一枚鲜亮的太阳，雨馨顿时感到有股暖流涌上心头。作者把同学们的光头比作太阳，这些同学就像太阳一样，有着阳光的心态，有爱心，积极上进，让人感到温暖，这些光头背后体现的是浓浓的同学情谊和温暖。

在戴希作品《婚检风波》中，作者摒弃以往微小说叙述性的语言，采用诗歌的语言和形式来构思故事情节，让人眼前一亮。这篇诗体小说字数对仗工整，读来朗朗上口，别有一番滋味。文章主要讲述一位有着巨额财产的丧偶老汉为自己征婚，前后有两位年轻貌美的女子找他相亲，两次进行婚前体检的故事。整篇文章语句分行排列，一行十二字，具有鲜明的节奏感。全篇共十一节，按事情发展顺序，按起因、经过、结果来分节，脉络清晰，错落有致。其中一节"老汉直奔医院，求助医生朋友／哪里感觉不适？我来帮你号脉／没有什么不适，专门来做婚检／如有大疾小患，倩女远走他乡"，讲的是老汉体检的场景，语言凝练流畅、通俗易懂又别出心裁，使其具有个性化和特色化。文章的完成是作者对文字重新进行排列组合、整合归纳的结果，极大地表现了语言的推陈出新。在戴希的微小说中，还散落着许多时尚新颖的词语，如"老虎苍蝇""饭局""帅哥""粉丝"等就极具时代色彩。因此，一个作家只有既把握好文学语言的规范，又不断地创造更新，才能得心应手、绘声绘色地描摹好丰富多彩的世界。

三、反言与正说的相互映照

正与反,是事物性质相对的两个方面。一般情况下,正指积极、阳光的一面,反指消极、黑暗的一面。在文章中,正说表达的特点是更直观、更有说服力,直接地指出事物的关键,不讲废话,不兜圈子。正说表达的好处是"开门见山",能够使读者快速地领会文章的主题思想,了解人物的性格特征,以及快速对文章情节进行掌握。当然,正说也有一定的弊端,内容过于"露骨",给人一种"一眼望到头"的审美疲劳感,使文章缺少阅读情趣。

反言含义与修辞学中的反语相似,是指作者不从正面去表达自己的思想,而是故意以与自己内容颠倒的内容来表达,从而产生一种暗示、幽默与讽刺的话语境界,有时比正说更有力量。反说是面对荒谬不硬加驳斥,反而谬上加谬,使其荒唐之处极端放大而达到归谬目的。正面语言难以表述强烈情绪时,选用反言表达加强效果,有时通过反说颠覆既定习惯,产生幽默感和讽刺性。

戴希长期在机关工作,这个特殊身份使他的微小说选材显得非常独特。戴希在批判现实主义题材的微小说中,为人们展示了一些鲜为人知的谋中谋、局中局,他常常不直白地描写,而是借用委婉的手段、侧面的描写手法,把一个个深恶痛绝的人物形象刻画得入木三分。从而折射出戴希正直的精神、正义的品质以及痛恨贪腐的态度。

《家庭议廉会》有异曲同工之妙,"遵纪守法""廉洁"都是思想品质高洁的字眼,可偏偏在部分人眼里,越是这些美好的、高尚的词,就越是害怕与自己挂钩,好像谁被贴上这些标签,谁就是异类。文章从侧面揭露出人性的复杂和丑陋,都害怕当标新立异的人,害怕当"出头鸟",因而更愿意当无根的浮萍随波逐流。

在戴希微小说中,反语的运用比比皆是,它比直白的表达更耐人寻味,更能激起读者的阅读欲望。

戴希在创作微小说的过程中，为更好地诠释故事下足了功夫。他苦练杂文，是想把微小说写得如杂文一般深刻犀利。为了让微小说增加亲和力，他又潜心创作散文。为了优化微小说，他把读诗变成一种日常习惯，偶然灵光一现，也当即创作诗歌。不仅如此，戴希微小说的题材还涉及诸多领域，历史的、社会的、人生的、情感的都有。他的作品大多弥漫着"烟火气"，十分"接地气"，这与作者平时的敏锐捕捉和细微观察是分不开的。文艺源于生活，且高于生活，戴希在生活中处处留心，将一个个平常的生活故事转变为具体生动的故事情节，看似风平浪静，仔细琢磨才发现，每个地方都极富意蕴、妙不可言。他的微小说语言也一样，在质朴真实中总有常人难以达到的想象空间和韵味。戴希的微小说语言极具张力，内涵丰富深刻，是武陵微小说中极为炫彩夺目的一类。

（原载《小说月刊》2020年1月下半月刊）

作者简介：汪苏，湖南文理学院副教授，长期从事写作学和文学评论研究。姚辉艳，湖南文理学院学生。

人性与作品的无缝对接
——对小说名家戴希刊于《小说选刊》2018年第8期的三篇微小说的感想

余清平

八月铄金。2018年第八期《小说选刊》隆重推出，宛如雨后的清新微风，送给读者愉悦身心的精神食粮。静气凝神，品读轻吟，作家戴希的三篇微小说《笑》《祝你生日快乐》《因为母亲》，都是从人性、情感出发，读得出作者对微小说的把控十分到位，深得小说的意蕴。三篇作品，从三个方面诠释了人性的高度与广度。

《笑》是从职场的角度解读人性；《祝你生日快乐》是从情侣的角度解读人性；《因为母亲》是从家庭的角度解读人性。比如《笑》，与其说是串联本文珍珠的那条线，倒不如说是开启本文"金库"的那把金锁匙。《笑》让我想起契诃夫的《小公务员之死》，两者有异曲同工之妙。在契诃夫笔下，小公务员切尔维亚科夫因为一个喷嚏而殒命；而《笑》里虽然没有人因此而殒命，关于这点，或许是时代、国情的不同，又或许是笔者善良，给墨局长安排了一个领导出场，解了他下属的围。

而《祝你生日快乐》写的是网恋。当下一些情感空虚的人将网恋当作五彩缤纷的遇见，殊不知，有些令人迷醉的海市蜃楼始终是真实中的虚拟，看似存在，实则缥缈。不过，网恋是众生相，也有修成正果的。《祝你生日快乐》就假设了网恋的三种结果。作品的厚重之处在于作者对男女主人公芦苇岸和林馥娜的心理刻画。他们是一对在网上恋得很火的恋人，而芦苇岸又有家庭，这个是阻碍两人的绊脚石。林馥娜要想搬开这块绊脚石，她就设计了一幕剧情。这个试探的剧情其实也有其不可预测性。这不，就试出三种结果。

到了《因为母亲》这里，作者描写一个杀人不眨眼的凶手，其凶残、狡诈程度令警方使出浑身解数也不能将其绳之以法。可是，因为每个人都无法泯灭的思念导致他落入法网——思念母亲。更因为母亲，直接让他放下杀人凶器。这让人想起，人性如同夏夜的萤火虫，虽处于黑夜也始终会发出忽明忽灭的七彩光亮，清辉澹水木，更加令人不能自已。母亲，不仅仅是一个贴在儿女心窝里的神圣名词，更会使其人性回归。

再回到《笑》里的墨局长。他性格温和、亲民，很有亲和力。墨局长去了一趟华山后，问题就来了——见人再也不笑。作品行文到此，就如同打开的潘多拉宝盒，接连发生的一连串的故事就像一条条鞭子，抽在许多人奴态的脸上。作品妙就妙在作者给墨局长安排了一个领导出场，让他的奴态也像他的下属遇到他一样一览无余。

《祝你生日快乐》到此处，是给网恋的人打了一剂预防针，告诫已婚男女远离网恋。网恋不仅会令你失去友情，更会撕碎你的家庭，到头来悔之不及。作品饱含哲理：爱情以真实的感情为基础，婚姻以真实的爱情为基础，靠虚拟世界寻觅或者结合，不仅徒劳无功，到头来终将吞噬苦果。

《因为母亲》的结尾都是温性的，作品明着写凶手，其实，折射出的是母亲的伟大和人性的不灭。如果将凶手回家的日期设置在母亲节或者母亲生日这天，会否更震撼些？仅个人见解。

三篇作品，归纳起来，都是解读人心的，描写了人心的共性，有百川归海之势，《小说选刊》归为一辑，可见一斑，是真正佳品。

(原载2018年8月4日《韶关日报》)

作者简介：余清平，广东作家。

戴希微小说集《儿女》评述

余莉

戴希是武陵微小说的代表作家，多年来从事微小说创作，发表了一批优秀的作品。他的新小说集《儿女》，非常广泛地描绘了社会生活涉及养老问题、婚姻问题、教育问题、反腐问题、扶贫问题等，既大力传播社会正能量，也敢于揭露社会阴暗面，尤其该书中处处充满人性关怀，体现了一个成熟作家对社会诸多现状的深度思考。笔者试着从以下三个方面略做评述。

一、新知与旧念：戴希微小说的现实观照

戴希微小说集《儿女》在内容上的一大特点是关注新科技、新观念，在新旧观念的交汇中把握时代脉搏。微小说作为新时代的快讯，最善于抓住时代发展的脉搏，它们在新科技、新观念的传播方面，比传统小说更具优势。比如在养老问题上，戴希这本微小说集就聚焦了科技前沿成果和新的养老观念。

他的微小说《儿女》写一位孀居的老太太与机器人小儿子的故事。老太太的大儿子在美国，女儿在北京，他们工作繁忙，均无暇照顾老母亲，于是女儿购买了一个机器人来照顾老母亲的饮食起居。机器人成了老母亲的小儿子，无论老母亲情绪好坏，小儿子都任劳任怨地照顾她的一切，甚至陪她听音乐、看电视，带她下楼溜达。十年后，老母亲去世，大儿子因老婆生孩子未能回来，小儿子却因过于悲伤而自毁程序自杀。这篇微小说聚焦了目前非常前沿的养老机器人话题。中国的养老传统是养儿防老，但目前中国正处于人口老龄化阶段，六十岁以上的人口已经超过两亿，一对年轻夫妇要照顾四个老人成为常态。在工作、育儿的压力下，传统观念中的养儿防老实施起来难度很大，机器人养老或将成为一种趋势。2017年，工业和信息化部、民政部、国家卫生健康委三部门印发了《智慧健康养老产业发展行动计划（2017—2020年）》（工信部联电子〔2017〕25号），其中特别提到加强"家庭服务机器人"的技术攻关。2018年，在北京举行的世界机器人大会上，养老机器人一出现就吸引了相当多人的眼球。戴希通过微小说《儿女》向大众宣传这一新科技动态、新养老观念，体现了一个优秀作家对社会发展趋势的敏锐观察力，同时对这种养老方式触及的人伦问题，也通过作品提出了反思与质疑。

《孝的演绎》写新一代年轻人的新赡养观。一对小夫妻突然辞退保姆，请孀居的母亲来承担家务琐事。劳累母亲，看起来似乎是不够孝顺，直到有一天，爱摄影的儿子给母亲拍了一张美美的照片，谜团才真正解开。原来儿子发现一向爱美的母亲胖了，为了帮助爱美的母亲减肥而出此下策，减肥成功后，儿子和媳妇说出原委，母亲非常感动，一家人和睦幸福。传统的孝道一般只关注老人的生存层面，衣食住行，新一代的年轻人思想前卫，觉得母亲虽然老了，依然有爱美的权利。小说中的儿子能关注到母亲的身型之美，一方面固然是因爱好摄影、审美触觉高出一般人，另一方面则在于他真的非常孝顺。社会上绝大多数的人，有兴趣仔细欣赏恋人、孩子的容颜，却不曾认真地看过父母的容颜，父母的身材美不美，这完全不在他们关注的范围里。小说中儿子关注母亲的身材，从某种程度来讲，是想带着母亲一起成长,一起跟上这个时代,而不是孤独地老去。

《孝的演绎》和《儿女》,分别描绘了目前社会两种不同方式的养老,有弘扬,也有反思,但都超越了传统的养老观念,在新知与旧念的螺旋交会中,呈现出新时代特色。

二、引领与救赎:戴希微小说的人性关怀

教育问题一直是社会各方面重点关注的对象之一。学校教育自从教育产业化以来,传统的"传道、授业、解惑"观就逐渐被追求升学率、就业率、创业率等观念消解,各种可以量化的东西成了学校和教师工作的重点。然而,当教育被分割成很多零散的东西后,孩子们比从前更累,这已经引起社会各方面的反思。学校教育的变化,直接冲击社会教育,同时随着法治建设的日益完善,法治意识的逐渐提高,人们的素质越来越高,但彼此之间的爱护与关怀变得越来越难得。戴希这本小说集涉及教育的篇章非常多,有《每个人都幸福》《胯下之辱》《啊,太阳》《里程碑》《童心》等等,均体现了对当代教育各方面的深刻反思。

首先,学校教育方面,注重引领。《每个人都幸福》写残疾人教育,一群身体有缺陷的孩子,为自身的缺陷所束缚,生活缺乏幸福感。苏浅老师对此感到十分担忧,经过多日思索,终于想到帮助孩子们找到幸福的方式,让孩子们意识到自己原来拥有别人梦寐以求的东西。《胯下之辱》写一个重点大学的权威教授,看到学生在学习过程中只专注于抄笔记,缺乏创新和探索精神,非常痛心。为了鼓励学生勇于创新,坚持真理,要求学生从自己身上跨过去,以此方式来开悟学生,要敢于超越老师。两篇小说都选取一个教学侧影,思考目前教育中的突出问题,即在信息化时代,教育的本质和意义何在?仅仅是帮助孩子们上百度搜索也可以获得的基础知识吗?不,这远远不够,我们应该关注人性,引导孩子们建立健全的人格,有智商、有情商、有幸福感。对于大学教育而言,要继承老一辈学者的"独立之精神,自由之思想",特别注重学生学术精神的培养,使之成为真正的人才,而不是唯唯诺诺的庸才。

其次,社会教育方面,注重救赎。《童心》写一个小女孩对假"乞丐"的关爱。父女散步遇到一个职业乞丐,女儿怜悯乞丐,父亲用常识判断,告诉女儿这是假装的乞丐,如果给钱会助长他好逸恶劳的恶习。女儿却说大人"总是喜欢把人往坏的方面想"。在女儿的坚持下,父女最终决定给乞丐钱。然而出乎意料的是,一直听父女说话的乞丐突然爬起来,落荒而逃。他羞愧了。这个故事也许并不具有代表性,但是它告诉我们,唯有爱可以医治世间所有的丑恶。《善心》写太爷爷每到春荒时节,便以三斤大米的日薪聘请贫民清扫一间私塾,其本意并不在打扫,而在救济贫民,还告诫爷爷,"生逢乱世,家道富裕,那是上天的恩赐",不要再求贫民的回报。救济他人不求回报,还注意照顾其自尊心,这是中国传统思想的智慧,也是值得我们今天继续传承的文化。《这个故事我不讲不快》写母女在为父亲生病筹款的夜晚,遭遇穷途末路的抢劫犯,尽管自身无比艰难,母亲在了解了歹徒的情况后,仍然很慈悲地分给歹徒七百元,但她有一个条件是要歹徒写张借条。母亲并没有想过要歹徒还钱,她只是觉得一个在困境中犯罪的人需要的不仅是钱,还有灵魂救赎。

教育从来不是高高在上的,不是站在某个高度灌输、管教,也不是道德绑架,或者高贵地施舍,教育最重要的是人性关怀。《易经·系辞上》云:"一阴一阳之谓道,继之者善也,成之者性也。"社会是多层面的,它有正能量的,也就会有负能量的,有阳光的,也就有黑暗的,教育就是从人性的角度去调和。戴希的教育系列微小说,重视人性关怀,通过不同的故事,呼吁重视心灵的关爱。除了上述篇章之外,还有《啊,太阳》写了某高三班级为了帮助患病的同学树立信心,全班同学全部陪她一起剃光头。《里程碑》写了一位睿智的班主任老师鲁藜巧用里程碑实例,帮助孩子们树立正确的学习心态,让高中三年的学习变得轻松,等等。戴希对教育的关注和思考是深刻的,有温度的。

三、风趣与幽默：戴希微小说的创作风格

文笔风趣、幽默是戴希微小说创作上的最大特点。在这个"微时代"，人们快速地在手机上浏览各种信息，习惯寻找轻松愉快的话题。为了吸引读者，微小说一般都具有一定的娱乐精神。戴希的微小说也不例外。在他的微小说中，无论社会性话题还是日常生活话题，普遍藏着一种别致的风趣和幽默。

这种风趣与幽默首先体现在他对微小说写法的探索上。比如写开放式结局。开放式结局，意味着一个事件没有真正结尾，这种手法一般多在影视上使用，给观众无限遐想的空间，或者制作者还有拍续集的打算。微小说本身篇幅短小，讲述一个事件还要精心剪裁，如果结尾还是开放式的话，是有点风险的。戴希的开放式结局运用呈现出某种风趣和幽默，能吸引读者的注意力和好奇心，同时也体现了他对事件的深度思考，尽管这种思考仍是隐秘的，甚至矛盾。比如《祝你生日快乐》写男主人公江非和网友林馥娜网恋，林建议他给老婆暗送一枝生日玫瑰，小说就此写了三种结局：老婆隐瞒，女网友暗爽；老婆识破，女网友退出；老婆即女网友，婚姻破产。三种结局均具有合理性，由读者自己选择。那么，这个没有结尾的故事讲述的意义在哪里呢？其实是让人思考婚姻。爱情婚姻是小说永恒的主题，每一对夫妇都有自己的相处模式，无论是冷是热，是爱是恨，婚姻都经不起折腾，太明白的婚姻多是悲剧。小说并没有很明确的结局，但是它引发人的思考。《抢劫》的结尾也采用了开放式结局，抢劫商店之后，抢劫犯并不离开，反而让店老板报警，等警察来抓。小说读起来好笑，又渗出来角色的无知与辛酸。开放式结局是一种未完成的思考，由读者自去领会。除开放式结局外，这本小说集还使用了连环戏。两篇《每个人都幸福》虚实结合，造成了较好的阅读效果。这种写法风趣、幽默，体现了小说家对微小说创作手法的大胆创新与积极探索，同时也隐藏着一个成熟作家对现实生活的深刻认知。

其次，戴希擅长运用一种风趣与幽默的笔触来揭露社会问题，在笑声中启人思考。比如《扶贫问题》和《需要》都是描写扶贫题材，其中扶贫工作者与扶贫对象的对话，如演小品、相声，让人忍俊不禁。但笑过之后，会带给读者一种深思：贫困户真正贫困在哪里？扶贫还需要在哪些方面努力？此外还有培训问题。目前社会上各种各样的培训泛滥，其实不过是劳民伤财，不仅效果寥寥，甚至弄虚作假。《培训班》就通过一个退休人员办培训班的事例，揭露了这一社会现象。这几篇微小说，讲述的都是严肃的社会问题，读起来却富有喜剧色彩。

优秀的文学作品总是以描摹社会为主要内容，以人性关怀为终极目标，并落实在某种创作风格上。所以以上粗略分类的三个方面，并不是严格独立的，而是紧密联系、浑然一体。从二十世纪七八十年代至今，微小说已经过几十年的发展，逐渐成为一种独立时尚的新文体。期待戴希创作出更多优秀的微小说作品。

（原载《小说月刊》2020年1月下半月刊）

作者简介：余莉，湖南文理学院教师，南开大学中国文学思想史博士。

不断"发现"的"新与奇"
——读戴希微小说集《发现》有感

张联芹

我与戴希先生的"相识"是因为读他的作品。而在他众多的作品中我最喜欢的就是《发现》这部双语书。这部书收录了戴希先生的六十二篇小说作品,而这六十二篇小说又是各具特色,让人过目不忘的。

在《每个人都幸福》中,作者没有写苏浅老师怎样敬业和富有爱心,也没有写那群患有先天性残疾的孩子的内心是怎样孤苦无助,而是通过一个看似漫不经心,实则经过深思熟虑的"测试"讲述出"幸福"的真正含义,也讲述出生命的不寻常,从而将苏浅这个人物形象立于读者面前,使其起到为人师表的正能量作用。

《玫瑰与仙人掌》由一篇篇幅极短的微小说构成,传递出的信息和内蕴却是深邃而广博的,让人在品读中去思考什么是真正的美、什么是丑,文章留白充分,给读者很大的想象和思考空间。

文学艺术源于生活,也高于生活。截取生活中的不同画面入文,将深邃情感赋予笔端,写亲情写爱情,写生命写轮回,读来不仅引起共鸣,更让人懂得生命的美好、情谊的珍贵。《发现》这部作品就是这样,运用朴实的语言,书写人间挚情,看似平淡,实则隐含深意。

在《父亲的心》中，父亲的"狠心"所凝聚成的良苦用心，不仅让我们感动，也让我们心痛。父爱如山，巍峨高耸；父爱如水，平淡绵长。相对于《父亲的心》中的父亲，《母与子》中的母亲就更让人揪心和痛心。《母与子》不仅写出了母亲对儿女的爱恋和思念，也写出了现今社会上的一种况味。痛揭社会的疮疤，将独居老人心中的孤独和痛苦写得入木三分。也许，生命中不仅仅有感动和情义，还有很多不为人知的泪水和心酸。

我们泱泱大国，五千年文化，不仅塑造了无数个严父慈母的形象，更塑造出很多仁子、孝子的形象。《因为母亲》讲述的是一个罪犯回家探母的故事。这个故事本身有点老套，却通过作家的艺术加工，写出了与众不同的感动和新意。这样的文章是让人深陷其中的，深陷的不仅仅是我们的泪腺，还有我们内在的情感。

将人性中的善与恶"挥洒"于股掌之间是戴希先生作品的一个重要标志。通过文章彰显人性，再通过人性去弘扬美或鞭挞丑，从而推动故事情节不断深入，这样的文章写出来才有扣人心弦的真实感和熟识感。

文学虽然就是人学，但能在尺幅之间将"人"写活、写透是很难的，戴希先生却做到了。无论是《一包烟蒂》中的骆英，还是《记得那时》中的辛笛，都是鲜活而富有生命力的。通过肢体语言与一系列心理活动来饱满人物形象，让人物富有特色，是戴希作品的又一特点。

生活就是一个大学堂，虽有取之不尽的文学素材，可要将生活中"支离破碎"的"点"穿成"串"，再形成"篇"其实是很难的，而戴希先生这部《发现》却做到了。它不仅将点穿成串，融成篇，还做到了点面结合，相得益彰。

戴希先生的作品不仅取材广泛，信手拈来，还有着写法新奇的特点。在《母与子》中，作者通过丰富的想象，塑造了"小儿子"这个艺术形象,"他"不仅符合孝道,也满足了读者的"猎奇"心理,写得亦真亦幻,扑朔迷离,让人有种超越凡尘俗世的空间感受。

戴希先生致力于文学创作二十多年,不仅有着极高的文学素养,更有种对文字的天生敬畏。他笔下的人物看似简单,却是集世间芸芸众生于一身。他笔下的故事看似信手拈来,却极富生活气息,让读者深陷其中,无力自拔。仿佛他用如椽大笔写出的不是文字,而是一段人生、一段历史、一段轮回。

在文学艺术创作中,推陈出新是生命,也是新鲜血液,更是几代人孜孜以求为之奋斗的最高境界。这种"新"和"奇"不仅要用在人物、情节和环境上,还要用在芸芸众生上。采用各种写作手法,巧妙地与人心、仁心接轨,或讲述人与自然之间的危机、共鸣和期盼,或讲述美好的爱情、让人温暖的亲情,这不能不说是一种"新",也不能不说是一种"意"。

如此看来,戴希先生将这部微小说集冠名为《发现》隐含着深意……

(原载2017年8月19日《常德日报》)

作者简介: 张联芹,吉林作家。

游走于大千世界　归隐于碌碌红尘
——戴希小说作品浅析

张联芹

文学的百花园中，小小说这朵瑰丽奇葩正以燎原之势盛开，越来越多的人喜欢小小说，也有越来越多的人加入小小说的创作队伍。

戴希先生不仅是资深作家，更是小小说的推动者之一。他的作品取材广泛，看似不经意的素笔淡描，却能给人留下深刻的印象。文学艺术源于生活，也高于生活，只有深植于生活的作品才会经受住时光的考验，在文学史上留下精彩的一笔。

戴希先生善于观察生活，是一个优秀的"摄影师"。他能截取生活中的一个画面入文，让文章更加深情厚重，在生活中说"生活"，在艺术中谈"艺术"。

《这个故事我不写不快》中，临危不惧的母亲的一番话，不仅悦心，而且给人警醒。当灾难来临时，不是每个人都能做到从容不迫，有的人选择反抗，有的人选择逃离，更多的人选择的是妥协。而作品中的母亲选择了什么呢？她选择的是感悟和教化。这种教化是有一定技巧的，由作者精心"密谋"而成。

母亲平静地问："年轻人，你俩干什么挣不到钱，非要抹黑脸，上街抢劫呢？"首先，母亲以一个"母亲"、一个长辈的口吻与这两个抢劫者对话。这样做的目的既可以让对方放松警惕,又可以拉近双方的距离,从而找到"谈判"的切入点和融合点。

母亲毅然掏出口袋里仅有的七百元钱,缓缓举起,仍是轻言细语地说:"年轻人,既然你们确实有难,不抢总可以吧?"在不经意间,母亲转换身份,从一个"母亲"、一个"朋友"转换到教育者身上。这种转换是一种有力的推动,旨在让故事情节有个质的飞跃。就这样一步步推动,直到触及内核。

这篇文章最大的亮点是在对话中,"母亲与抢劫犯""母亲与我"。这些对话不仅写出了故事的发端、始末,也通过结尾母亲的话,写出了深邃的内在意蕴,有着警世意义。

"救赎",始终贯穿在戴希先生的作品中。无论是《这个故事我不写不快》中的母亲,《骨灰盒为什么响动》中的肖熊,还是《春风化雨》中的妻子,都是以一个"教育者"的身份出现,他们救赎的不仅仅是一个人的良善和良知,更是人性。

谈到人性,我们不得不提一下《他们一家》这篇文章。这篇文章紧扣时代脉搏,将拆迁作为故事的发端,由此引出一个令人啼笑皆非的故事。人性中不仅有良善,更有贪婪。文章中的这对夫妻就是贪婪者中的极品,他们为了多骗取一些拆迁费,不惜痛下血本,买回来手压井和树苗。这些他们犹嫌不够,还想出一个更绝的办法,那就是将手压井和树苗都埋得浅一些,以便于在勘察组勘察后再将这些东西"翻新"出售。他们的如意算盘可谓打得好。可人算不如天算,结果呢?只能是偷鸡不成反蚀一把米。

《他们一家》这篇文章中的人性是贪婪的,也是让人厌恶的。那么,在《夫妻俩》这篇文章中呢?人性是闪光的,更是美好的。文章讲述的是一对夫妻在去离婚的路上遇见车祸时的反应。文章中,丈夫的形象通过他对伤员的救治和临时交警的身份变得异常高大,最终感化妻子,使原本即将离断的婚姻重新变得圆满。

也许只有经历世事磨难淬炼的人性才会发出熠熠光华，只有多歌颂这些人性中的良善，多传递生活中的正能量，才会让这个本来不平静的世间变得美好而宁静。

在《骨灰盒为什么响动》中，他利用人性中的多疑构建出一个既让人心痛又让人欣慰的故事。故事通过夫妻俩的对话，寥寥数笔就将一对不孝子刻画得入木三分。此时，读者会不自主地扪心自问，我有没有不孝？我有没有做过亏心事？常言道，不做亏心事，不怕鬼叫门，也充分显示出人性中的弱点。

如果说，语言是文学的表达方式的话，那么，内蕴便是文学作品的灵魂。优秀的文学作品不是华丽词语的简单堆砌，而是要有深邃的内在意蕴。

善于描写人性，在多变的人性中引发思考，启人感悟，是戴希作品的一个特点。人性的刻画也是多渠道的，有的是在对话中，有的是在肢体语言和心理描写上。总之，这些刻画不仅让人性更加"裸露"，也让人物更加"贴近生活"。游走于大千世界，归隐于碌碌红尘。这也许就是戴希作品中最真实的场景再现。

碧波深处有珍奇

——简评戴希闪小说集《知道我是谁》

杜荣侠

因为文学活动,和小小说名家戴希先生有过几面之缘。戴希先生给人的第一印象是内敛、儒雅、睿智,脸上泛着浅浅的笑,充满书卷气。

这两年,可谓戴希先生的丰收年,除了不断有小小说在国内外征文比赛中获大奖,还在2017年出了一本诗集《凝视》,2018年又出了两本小小说集《知道我是谁》《那天夜里》。我有幸看到戴希先生的这三本新书。近几天,认真阅读了他的闪小说集《知道我是谁》,收获颇多。这本书如编者所言,基本上代表了戴希闪小说创作的主要成就,也基本上代表了中国闪小说创作的最高水平,是目前我国不可多得的闪小说集。全书共收录近两百篇闪小说,由五个章节组成,分别是哲理佳品、世态万象、家庭内外、人在旅途、历史天空。

工作之余,一杯清茶,一本好书,于时光的静谧里,沉浸在这些篇幅精短、语言精练、构思精巧的闪小说的世界,品悟其独特的艺术魅力,实乃一件乐事。

《玫瑰与仙人掌》作为开篇之作,言简义丰,内涵丰富,意境深远,是一篇哲思精品。仙人掌对玫瑰说:"丑到极点便是美到极点。我丑,所以我全身长刺。而你,你是这世上最美的花,何以也长刺呢?玫瑰嫣然一笑,不语。"花事即是人事,生活中有"仙人掌们",有"玫瑰们",仙人掌的话激发了我们对美与丑的深思。寥寥数语,对比手法,仙人掌的自我感觉良好和玫瑰的低调内敛便跃然纸上。留白的运用更是给读者无尽的想象和回味空间,可谓言未尽意无穷。

日常小事,信手拈来,却又匠心独运。《关于小小说》构思精妙,令人称奇。朋友聚会,眉飞色舞聊起自家宠物狗。有的说自家的狗会踢足球,有的炫狗会见人作揖,而"我"家的贵宾犬"不仅自己上厕所大小便,还能把厕所冲洗得干干净净"。作者以此来喻小小说创作,狗能上厕所大小便是事实,狗能把厕所冲洗得干干净净为虚构,虽为虚构也是一种可能,把虚构的东西说得活灵活现,让人信以为真,这就是把素材上升为创作了。再如《你要快乐》,夕阳下闷闷不乐的年轻人,佛的话像一道金光驱散了他心里的阴霾。生活中,我们为所欠缺的那一小部分而苦闷,却往往忽略我们已拥有的大把幸福。

生活里,不是缺少美,而是缺少发现美的眼睛和感受美的心灵。戴希先生是一位善于发现美捕捉美书写美的作家,他以慧眼慧心采撷人生大海里朵朵晶莹的浪花,妙笔成文。《母亲》中,母爱藏在一针一线、一粥一饭里,儿女总是看到母亲吃剩饭,让母亲少做点饭,每次饭还是做多了,儿女不解,问母亲。母亲说:做饭真难啊,我总是担心你们吃不饱呢……点睛之笔,母亲心里流淌着绵绵母爱,让人湿了眼眶。《童心》的铺垫与伏笔,将行文层层推进,结尾水到渠成。面对街上真假难辨的乞丐,"我"怕上当受骗不愿帮助,善良纯真的女儿却怕错过行善的机会。父女俩的对话,乞丐听在耳中,当女儿拿着5元钱要给乞丐时,假乞丐却落荒而逃。女儿的童心唤醒乞丐的良心,平常小事被作家赋予了高尚的内涵。《老太太和小男孩》,写公交车上老奶奶和小男孩互相让座。祖孙俩温馨的对话，使一辆车都被爱包围着。爱需要传递，这一篇弘扬正能量，谱写了一曲尊老爱幼之歌。

艾青有诗曰："为什么我的眼里常含泪水？因为我对这土地爱得深沉……"戴希先生对人生百态、世间万象体察入微，爱憎分明。他歌颂真善美，也鞭挞假恶丑。这本集子里"世态万象"一章，基本上是针砭时弊的闪小说，文笔犀利辛辣，充满讽刺意味。如《都赢了》，投机者有机可乘，让主事者装聋作哑、损公肥私。阳光的背后藏着阴影，"蛀虫们"皆大欢喜，看似都赢了，实质都输了，输了做人的底线、原则、本性。戴希先生有敢于直面生活的勇气，以最精短的篇幅探究世道，透视人心，敢于撕开遮羞布，袒露人性丑恶和残酷的一面，以警世人。

著名作家陈建功说："小小说的巨匠们，是'戴着镣铐跳舞'的大师，尺幅之间，可窥千里，一颦一笑，勘叹人生。"戴希先生能在小小说的领域独树一帜，有所成就，与他平时的生活积累、品性修养、深刻思考是分不开的。他在创作谈《实验小小说》里说，为了把小小说写得如杂文一样深刻犀利，刻苦练习过杂文；为了把小小说写得比散文更有亲和力，潜心创作散文，已出版两本散文集；为了把诗歌的弹性、内敛、突兀、诡异移植进小小说，坚持每天读诗，出版了诗集《凝视》和《三月深处》。

戴希先生的这本闪小说集深邃如海，广阔如海，蔚蓝如海。仔细阅读，便知碧波深处有珍奇。心中有爱，笔下有情，小小说是戴希先生在文学的海洋里潜心构建的精神家园。祈愿戴希先生今后的小小说创作，芳草鲜美，繁花似锦……

作者简介：杜荣侠，江苏作家。

以深情之心爱着尘世
——读戴希微小说集《没有结局的结局》

王举芳

得到戴希先生惠赠的微小说集《没有结局的结局》已两月有余,一直断断续续在读,到今天终于读完了书中的一百多篇微小说佳作。掩卷回味,深深地叹服。戴希先生在繁忙的工作之余创作作品之多、题材之丰富令我敬佩。而心中,也有一股清流回旋,那是作品中的美好与温暖在闪光。

人人都想聪明,尤其生意人,谁愿意犯傻呢?犯傻会亏本。且读《犯点傻》这篇微小说吧:马新朝和马萧萧父子在城里开了一家服装店,生意不温不火,勉强维持。一天,有位满头银发的老人走进服装店,说儿子给他买的西装袖口有点破,父亲马新朝看后立马给老人换了件新西装。老人走后,他告诉儿子,那个老人不是他们的顾客,破了的西装不是他们店里出售的,这令儿子非常惊讶。儿子说他犯傻,父亲微微一笑:"生意人犯点傻,也许能凝聚人气和财气哩!"儿子不信父亲的话,头摇得像风中的树叶。而后来的后来,在父亲再一次的犯傻后,马萧萧服了。老人叫来三个儿女,每人买了一套西装。自此,服装店的生意越做越大,越来越红火。人,多数时候都不屑于犯傻。适当犯点傻吧,生意人能凝聚人气和才气,其他人犯傻则能凝聚福气与运气。要不，怎么会"傻人有傻福"呢？

纷扰的世间，很多人总觉得自己不幸福，可是为什么不幸福呢？《每个人都幸福》文中的主人公苏老师教的是一群有先天性残疾的孩子，他们都感觉自己不幸福。怎样才能让孩子们乐观、振作起来呢？苏老师问了每个孩子相同的问题："你要怎样才幸福？"看着孩子们各自给出的答案，苏老师噙着泪花告诉孩子们："知道吗？你们每个人只有一点不幸福，却有许多意想不到而又弥足珍贵的幸福。比如李南吧，不能开口说话是她的不幸，但她能看、能听、能走……这些都是其他孩子苦苦追求的幸福呀！换句话说，你们每个人的幸福都比不幸多得多！"幸福不是你拥有多少，而是你的心满足了多少。

一件件看似寻常平淡的事，在戴希先生的笔下，都成了或妙趣横生、或发人深省、或韵味悠长的佳作。看似简单的情节里蕴含着复杂的变奏，引人入胜，读了让人心疼、心动甚至落泪。比如《乞丐》《信号》《笑》《开会就睡觉》等。

阅读戴希先生的微小说集，能看出他兴趣广泛，读书多而杂，对稗史、传奇、动物、植物都有涉猎，比如《鹿战》《特别赏赐》《将军的瓶子》《发现》，等等。谢永顺先生说："小说一方面来源于虚构，另一方面也离不开作家对生活的观察、研究。通过钻研人类的生命世界，进而写出这一生命世界的丰富性和复杂性。"戴希先生的微小说集《没有结局的结局》，很多作品都具有生活的真实性和小说的复杂性，用冲突来解析人心世界的微妙和波澜，耐品耐读。

戴希先生的微小说或写人生际遇的酸楚，或写情感世界的无奈与美好，或写动物、植物的经历，无不透露出人情之美。足见作者在用一颗深情的心爱着人生百态，世事沧桑。心怀深情，落笔才会有活泼泼的生命展开，才能用生动的细节，以小见大，使作品显示出一种深度与力量。

深情的心是人间至味，厚实而层次丰富。

以一颗深情的心爱着世间，才会去欣赏人，欣赏人的美与高贵，才会把经历的凉意绵绵化成心里的细与柔，化成笔下那独特的希冀。也许风雨兼程，也许快乐走远，都会姿态好看地活着，变成一个精致而又有内涵的人。

以一颗深情的心爱着世间，即便人生是一场没有结局的结局，也会充满深情地活着。

作者简介： 王举芳，山东作家。

一颗燃烧的诗心
——读戴希诗集《凝视》

王举芳

与戴希先生相识源于小小说,他的小小说作品遍地开花。从一次偶然的聊天中得知,很早之前他的诗歌就已在《诗刊》《星星》等刊物发表,也曾出版诗集《三月深处》,最近其诗集《凝视》又将出版,我有幸拜读了书中的部分诗稿。我不懂诗,只说一点读后感吧。

戴希先生的诗歌作品中有一些隽永、精致、精炼,又蕴含深刻的哲理的,比如《一个人的生存状态》,"有时是自己的脸/有时不是自己的脸/有时是自己的心/有时不是自己的心……有时坚守自己的位置/有时不坚守自己的位置/有时走自己的路/有时不走自己的路……有时是自己/有时不是自己"。比如《一把椅子》,"一把椅子/能够选择坐它的人/就能改变自己的命运"。比如《伞》,"伞在遮住雨水之时/还遮住了什么……伞在遮住阳光之时/又遮住了什么/有个人总在路上/无论天气怎样多变/他的手中一样无伞/难道他就不想/遮住什么"。比如《向上·向下》,"你总是/昂着头 踮起脚尖/甚至攀爬上树/扬手去摘/秋风中/高高飘舞的红叶/不曾想/只要低下头 弯弯腰/一伸手/铺洒满地的斑斓/就任你挑选"。诗人的思想总是有别于常人,他能在一粒沙子中窥透整个宇宙,在一滴露水里望见全世界的光辉，在刹那间会意生命的真谛。

戴希先生的小小说作品题材十分丰富，没想到他的诗歌题材也是繁花盛开，各具其香。戴希先生的小小说有一些充满了诗的美与意境，没想到他的一些诗歌也有着小说的特质，比如《婚检风波》："老伴溘然长逝，老汉孤苦伶仃。打出征婚启事，寻觅余生伴侣……"这首类似律诗的诗很长，读起来却没有东一句西一句的拼凑痕迹，而是如飞流直下的瀑布，一泻千里，自然、畅快。虽然每句都是固定的6个字，但读着丝毫没有拘束感。足见作者的文字驾驭能力之强与文化素养之深厚。再比如《亲情》："高中三年，寒窗苦读。叔叔为我攒过多少钱，舅舅为我挑过多少担，姑姑为我做过多少新衣，姨姨为我送过多少白米和咸菜……胸中盛满了感激，心里充盈着甜蜜。血浓于水呵，情深似海……"作者把时间、地点、人物、故事等合理调遣，让人读了感觉这不仅仅是一首诗，也是一篇曲折有致的小说佳作。这种"叙事诗"的氛围与意境或许没有那种单一的情感表达或描述给人以十足的美感，但诗人内在的情感会诱发读者的情感波动，吸引读者读下去，并引起读者共鸣，最终打动读者。

每个人的心中都有一个依恋的故乡。每个人都深深地爱着自己的故乡，戴希先生也不例外。他说他深深热爱着他出生、成长的故乡湖南安乡，那里有最美的桃花，"岸是桃花/水是桃花/云也是桃花"，故乡更是他心中无可替代的情感与精神的桃花源。

故乡是近的，"近到我坐在自家的窗前/也能听到母亲唤我的小名/近到我伫立城市的阳台/也能看到儿时伙伴们的追逐与欢笑……"故乡又是远的，远到"我的头一直伸向窗外/望眼欲穿　望穿秋水/怎么总也抵达不了……"（《远和近》）。无论身在何方，那份思乡的情愫都会一直在心底萦绕，"无论骄阳似火/无论秋风阵阵/她都一样/葱郁如春"（《乡情》）。

戴希先生眼里的凡俗世间是充满诗意的，如《凝视》，"多少次了／我长久地凝视／一块坚硬的石头／固执地幻想／有朝一日／它也能绽放／芬芳美丽的花／引来蝶飞蜂舞"。如《农家》，"一只母鸡带着一群小鸡／在菜园的栅栏边／咕咕咕地转悠　寻觅／一群小鸡欢天喜地／叽叽喳喳地　唱亮儿歌／一个女人娴坐在家门口／神情专注　手指灵动／择着青绿鲜活的白菜／和红光满面的辣椒／一条黄狗蹲伏于墙头吐着舌头　摇动尾巴／不远不近／幸福地看鸡　看女人"。如《一双鞋子》，"尽管伴随一双合适的脚／吻过鲜花　亲过翠绿的原野／也迎接过黎明　见证过日上中天／送走过红彤彤的火烧云／也不怕远征　不计较得失／内心里一直燃烧着／蓝色的烈焰／瞳仁里还有憧憬闪烁／可它没有想到／自己确已旧了　老了　要退役了"。不禁想起老舍先生在《文学概论讲义》中所写的一句话："在诗人的宇宙中没有一件东西不带着感情，没有一件东西没有思想，没有一件东西单独为自己而存在。这是唯有诗人才能拿得出的一份礼物。"

喜欢《我坐在父亲的肩上》，"和风轻拂　阳光明媚／我坐在父亲的肩上／父亲的手　紧抓我的手／父亲的手臂　把我的手臂／托举成　飞翔的鹰翅……早在七年前　父亲就驾鹤西去了／我怎么还像　稚嫩的小毛孩／而父亲　怎么还像　年轻时的做派／难道　我一直　坐在父亲的肩上"。读完这首诗，我不禁泪光盈动。父亲的肩头，是孩子多么坚实的依靠啊，无论成长的路上风雨有多大，无论孩子到了何种年纪，无论父亲在与不在，父爱无言，父爱深沉，父亲的肩膀给予孩子的永远是坚定、温暖和有力的护持与托举。

亚里士多德曾说："诗要求一个有特别天才的人，或有点疯狂的人；前者自易于具备那必要的心情，后者真能因情感而忘形。"诗人只有感情到了最高点才能写出好诗。小说家注重的是实际，理智而清醒。戴希先生将诗、小说、情感与现实相互融合，调和得恰到好处，使笔下的文字奇妙、新颖，这着实让我佩服。

尘世纷扰，戴希先生用深情的目光凝视横流沧海，用诗的美与欣悦感觉万物之灵，如雪莱一样赠给风、云、草木等永生的心性，或许，正因为怀着这样一颗燃烧的诗心，他的世界才如此生动美丽，少了纷乱与苦闷，多了静气与趣味。

亦庄亦谐 妙趣横生
——戴希诗歌集《凝视》探赏

郭虹

2017年11月,作家、诗人戴希出版了他的第二部诗集《凝视》。众所周知,诗人审美地感受现实的心理方式或者说诗人与现实的审美关系异于小说家,也就是说,虽然诗歌和小说同属文学,但不同门类、不同体裁文学的审美视点也不同。有理论家认为,从审美视点来考察,文学可分为外视点文学和内视点文学,外视点文学指小说、戏剧等非诗文学,这类文学主要表现为叙述世界,表现客观世界的丰富多彩;而内视点文学是指诗歌、散文等抒情文学,这类文学主要表现为体验世界,表露心灵世界的精微细腻。因此,虽然外视点文学也需要感受体验,但其材料来源主要靠视觉,也就是观察,即使是想象中的世界,其人际关系也要深植于现实,其表现手法则以叙述为主。而内视点文学虽然也需要观察,但主要靠心觉即心灵的眼睛,捕捉"无状之状,无物之象",其表现方式则以抒情为要。

读戴希的诗集《凝视》却发现,诗人打破了叙事文学和抒情文学的藩篱,他的诗寓理于事、寓情于景,事、景、情、理冶于一炉,有时令人遐思,有时叫人展颜,可谓亦庄亦谐,妙趣横生。

说到"趣",总让人觉得神秘而难于捕捉。其实"趣"是中国古典美学术语，泛指人们的审美理想及审美情趣，包括人们在审美过程中的趣尚、趣味以及对艺术美的认识、理解、要求等。在具体作品中，它是一种将情景理高度熔铸而产生的艺术效果，是诗歌作品表现力、感染力和启示力的巧妙汇聚，是诗人和读者在思想、爱好、性情等方面形成的一种默契。一首诗有情并不难，难的是兼而有趣。

这部由中国出版集团现代出版社推出的诗集，收录了诗人1992年以来十五年间发表的诗作共九十九首。其中不乏情趣盎然之作。那阳台上一叶一叶晾晒着的"乡情"，尽管我"凝神看她／如何卷起叶子的边缘""屏息听她／浅唱低吟蒸腾的心音"，可她"无论骄阳似火／无论秋风阵阵""都一样／葱郁如春"（《乡情》）。诗人化抽象为具象，将对故乡的情感化为一株植物。那"一叶挨一叶地／排上阳台／晾晒"的就是诗人在记忆深处翻检与故乡有关的林林总总，这一连贯动作，很细腻很轻柔。而接下来的"凝神看她"和"屏息听她"连续动作则很专注很深情，这些细节，不仅蕴含对故乡始终如一的热爱之情，更富有韵趣，从而使诗歌有了一种独特的风致。集子中的《春天》《日子》和《农家》也属于这类富有情趣、余味隽永之作，尤其《农家》，意象生动，色彩温暖，画面温馨。

有评论家认为戴希的诗歌有比较强的思想性，这是因为他的诗歌富含哲理的缘故。诗不排斥说理，但不能用抽象、直露的理语入诗，而要用具体生动、自然和谐的美的形象去表现一定的道理。所以，一首诗要说明一个道理也不难，难的是兼而有趣。理趣是指表现哲理的诗歌，要写出具有感发读者的审美情趣。正如包恢一文说："状理则理趣浑然，状事则事情昭然，状物则物态宛然，有穷智极力之所不能到者，犹造化自然之声也。"（宋·包恢《答曾子华论诗》）也就是强调说理、叙事、状物自然和谐、鲜明生动，具有强烈的感染力，能感发读者的审美情趣。在《伞》中，诗人用三个人来寓指三种人生态度：一种是擎伞遮雨，第二种是举伞遮阳，这两种是有选择性地用伞来"遮",表面上是遮雨遮阳,实则还想遮住什么,就不得而知。而第三种是任何时候都不撑伞。这种完全不遮的行为也许是光明正大不需要"遮",也许这才是真正的"遮",所谓大智慧是也。如果仅止于此,算不得好诗。但是诗歌运用对比的手法,首先第一种"大步流星"与第二种"缓缓前行"对比,用词也很讲究,一"擎"一"举",一"遮"雨,一"遮"阳,其栩栩如生甚至可以让人分辨出他们的性别和神情。第一二种又和第三种对比,引导读者进入诗歌的意境,获得某种生活的启示。集子中这类蕴含理趣的诗歌不少,比如《凝视》,集子以此为题,应该是有深意的。"我"无数次"长久地凝视/一块坚硬的石头",并"固执地幻想/有朝一日/她也能绽放/芬芳美丽的花",因此"我""忽视了/一朵其实很美的花/亦在长久地凝视/那块铁一样的石头",直到最后也变成了"一块冰凉的石头"。由于"我"带着某种虚妄的期待甚至痴守一份虚无而忽视了身边的美好,等到这美好消失,"我"又以悼亡者的姿态去追忆——其实这也是一种有趣的人生。由于这种"趣"的存在,使作品中的"理"不生硬,也使诗歌要表现的人生具有某种喜剧的色彩。

与以上二"趣"不同的是,戴希诗歌中还有一种"无理而妙"的奇趣。《一个人的生存状态》"有时是自己的脸/有时不是自己的脸/有时是自己的心/有时不是自己的心/有时说自己的话/有时不说自己的话/有时做自己的事/有时不做自己的事/有时坚守自己的位置/有时不坚守自己的位置/有时走自己的路/有时不走自己的路/有时发自己的光/有时不发自己的光/有时找得到自己/有时找不到自己/有时是自己/有时不是自己"。这种矛盾对立一种是有理,一种是无理。诗人以事理上的无理来艺术地表现情理上的有理,这就是古人所谓"无理而妙"。"有时是自己的脸""有时找得到自己""有时是自己的心",这是合理的,但是"有时不是自己的脸/有时找不到自己/有时不是自己的心"甚至"有时不是自己",这就荒唐了,"荒唐"

就是"无理",这就是这首诗在艺术描写上违背客观事物常理的荒谬性;所谓"有趣味"的美妙之处,是指这些虽悖于物理,却符合现实中人们真实的"生存状态",所以,它妙就妙在"无理"。

《守候》也是颇具奇趣的一首小诗。"一只鸭子在窝里生蛋/一只猫与她并肩而卧/宁静 温馨 机警/像一对厮守的鸳鸯/每次都这样/哎哎哎/谁的眼泪在飞"。一只母鸭生蛋是再正常不过的了,但是,每次陪伴她的却不是公鸭,而是一只猫,在动物学中,猫虽已被驯养,但它还是属于兽类。这种禽兽和谐的画面就是"无理"的,然而,却是真实生活的写照,所以有人"眼泪在飞"。这首诗最精彩、最有趣的就是这个结尾,因为人的心理想象活动带有随意性、跳跃性、无逻辑形式,能够从这一种意象瞬间转变为另一种意象。禽兽和谐的画面为什么让人"眼泪在飞"?这种"不通之通"的艺术描写使人的联想翅膀无限展开,同时使诗歌在艺术表现上获得了广阔的背景和丰富的内涵,收到"无理而妙"的艺术效果。

戴希对现实生活的审美感受和体验经过自我改造、提炼、熔铸而成"趣",并将"趣"物化在诗歌中,从而形成了诗歌的独特的艺术趣味。

在美丑之间
——浅析戴希小小说两题

郭虹

他是一个真正意义上的盗贼,他第一次到白正家就是真来偷盗的,当他看到主人留下的三百元时,他"开始有些生气",甚至"动怒"。第三次来虽然不是为偷,但是尽管他所崇拜的人苦心规劝,也不能改变他的"秉性",使他"金盆洗手""从善如流"。但他又不是一般意义上的小偷,倘若触碰到他心灵深处最柔软的角落,他也会"心头却一热,眼眶也有点湿"的。而且这个窃贼不仅喜欢阅读文学作品,崇敬文人,他还喜欢文化人利用留言条的交流沟通方式——此所谓"雅盗"。同时,他虽然未能金盆洗手,却向白正表示"今后,我会精心选点,只偷该偷之户,譬如贪腐官家和黑心商家……"——此所谓盗亦有道。

凡是被盗过的人,说起窃贼没有不恨得咬牙切齿的,可是面对雅盗,我们却不知说什么,即使著名作家白正也是"想说点什么,但最后什么也没说"。

从作品的内蕴来看,《雅盗》可看作《其实很简单》的姊妹篇,这两篇作品的主旨具有同一指向性,那就是正能量效应,只是这种能量的来源有别。《其实很简单》的正能量源自一小儿纯净的心灵,歌颂的是一种"人之初，性本善"的人性之美，并且这种正能量产生了"多米诺"效应。而《雅盗》的正能量则来自一位文学家的文学作品。很明显，作品意在强调文学作品的道德教化作用，但作者并没有任意夸大这种作用，虽然他也曾为"偷了这世上最不该偷的人家"而愧疚，但他终究未能"金盆洗手"，因此，这种感化作用是有限的。

细细品味，就会发现与《其实很简单》相比，《雅盗》的构思又别有一种特色。

《雅盗》要强调文学教化的作用，作者却将这个意图巧妙地隐藏在细节的背后。首先，这是个雅盗，他很喜欢白正的文章，经常在报刊上拜读他的小小说，并进而很崇拜白正。他的崇敬之情来自他对社会的独特见解："现代社会物欲横流，爬格子效益十分低下。你能耐得住寂寞，潜心创作震撼人心的佳作，十分难得、可敬！"在自己的道德认识范围之内，他还有一些知错能改的勇气，"知道上次偷的是你家的钱，我愧疚，一夜未眠。现将偷走的钱分文不少地还给你，只求你能原谅我！"最后他提出了自己的请求，"我想买一本你的小小说集，你能在集子上签名题字吗？购书款我先放这儿，下次再登门取书。祝好！"这段文字借雅盗之手写得极有层次。这就给白正与其沟通提供了可能。其次，作者虽然凸显了文学的教化作用。但是由于作者极好地把握了分寸，又没有夸大其作用，很明显，这是个虚构的故事，却有着不容置疑的真实感。我们没有必要去追究盗贼产生的原因，在今天这个社会里，平常人家进个盗贼是不奇怪的。所以作家白正为了免去双方的麻烦而留言赠钱就可信了。

本文构思之妙还在于，雅盗的心灵被触动了，但触动他的究竟是一部什么样的作品呢，作者并没有涉及其内容，读者却可以根据作者给予读者的信息按照各自的经验予以补充。白正给盗贼留言并留钱，这无疑是无奈之举，但其中又透出人性的智慧，由此我们不难推测白正的作品给雅盗心灵震撼的原因——这就是海明威"冰山原则"效应。

　　《雅盗》的心理描写极具层次，小偷开始有些生气，不，是动怒："三百元打发乞丐呀！"但看罢字条，心头却一热，眼眶也有点湿。略愣，揣上钱和字条，便匆匆出门。"小偷想不到，还有人对他如此客气"。雅盗的所谓"客气"，应该是白正的留言让他感受到了一种人性的光辉——这正是他所渴望又得不到的。第二次，小偷又发现了钱和字条，"心里依然亮过一道闪电"，这一道人性的光辉照亮了他幽暗的灵魂通道。

　　与作者以前的作品相比，《雅盗》的环境描写体现了作者大胆的尝试。戴希的小小说很注重对环境的描写，他总希望能在短小的篇幅里传达更多的时代气息，《雅盗》亦如是。

　　"阳光芬芳、鲜花明亮，附近有袅娜的歌声轻轻荡漾。"这个开头初看起来似乎与作品内容无关，但读完整个故事就会发现其妙处所在。首先作者选取的意象就很有特点，"阳光""鲜花""歌声"，这些意象使作品从道德教化层面升华到了美学的高度。作者又运用通感的修辞手法，打开嗅觉、视觉、听觉等五官通道，一同参与审美，使一种明媚的诗意氤氲在这个故事之中——这种诗意的环境与生活在阴暗角落的窃贼形成巨大反差，也给读者的心灵带来震撼。有趣的是在小说结尾作者再次呈现了这一环境，如果说放在开头是为"雅盗"渲染一种诗意，那么在结尾这"阳光"、这"鲜花"、这"歌声"应该是在雅盗的心灵里了，这种看似简单的重复实则深化了作品的主题，强调了文学对心灵的净化和对道德的升华作用。当然，这就要求作家在选材方面独具慧眼，正如罗丹所说："生活中不是缺少美，而是缺少发现美的眼睛。"戴希就具有在丑中发现美的慧眼，他的作品具有明显的正面倾向性，其目的是助人向善，引人向上。他认为，一个作家思想愈高尚、情感愈纯粹、境界愈开阔，对生活的说明和评价愈正确、深刻，他的作品的教育作用便愈显著、愈有效——这也是戴希的创作主张。

相对而言,如果小偷是丑的代表,那白正则是美的化身;如果说偷盗是丑,而诗意的环境则是美;如果说贼是丑,而"雅"则是美。小小的篇幅蕴含了社会的复杂、人性的复杂,足见作者的功力。

论戴希微小说中的人性观照

袁天平

随着社会经济发展，人们的生活节奏不断加快，阅读方式得以改变。微小说作为一种平民艺术、草根文学，是"大多数人都能阅读（单纯通脱），大多数人都能创作（贴近生活），大多数人都能从中直接受益（微言大义）的艺术形式"。显而易见，微小说已经成为满足最广大人民群众阅读需求的不二选择，具有极强的传播力和影响力。得益于这种得天独厚的优势，微小说如能具备时代意识，注重对人性的观照和思考，彰显其人文关怀，便能很好地起到一种宣传教化作用，从而净化人性，美化社会。

作为武陵微小说的代表作家，戴希总是以冷峻的眼光体认人性的本质，以独到的视角观照人性的多面性。人性是他创作的起点，也是他创作的归宿。他透过贴近生活的题材，在尺水波澜的情节之中，反映社会的真实面貌，凝视人性的复杂多样，以一种追求人文关怀的文学立场将自己对人性的观照投注于深刻而富有张力的文字之中。

除此之外，公务员和作家的双重身份使得他的作品饱含着一种高度的社会责任感，极具思想深度和社会容量。并且，在政法机关工作的经历也使得他拥有更敏锐犀利的眼光和更为广阔的社会视野，以至于他的小说题材丰富多样，人物饱满真实，从而使得读者在他的文字之下更能充分体认到人性的幽微和复杂。得益于这种积极有效的人性观照和社会思考，戴希写下了一批经典之作，为武陵微小说群体深入挖掘作品的思想内涵做出了很好的探索和示范。本文将从以下三个方面具体分析戴希微小说对人性的观照，以求对今后的武陵微小说创作提供有效的经验。

一、善德文化下的人性赞歌

萌芽于四千多年前尧舜时代的善德文化，普遍认为是常德地方文化的源头。善德文化在不断发展中，既糅合了楚文化，又融汇了佛道儒等多家学派，其文化内涵和精神实质在历史长河之中得到了丰富发展，并且在当今社会被赋予了新的时代价值。"上善若水""独善其身""善始善终""积德行善"这些无一不体现善德文化的精神实质。这种体现人性真善美的常德地方文化，不仅对建构和谐社会具有潜移默化的作用，而且对以善德文化为核心的大桃花源文化建设也有积极作用。稳定的社会环境和浓厚的文化氛围使得武陵微小说得到了空前的发展，在善德文化的滋养下，武陵微小说创作群体也渐渐关注人性的真善美，在这一方面，戴希为武陵微小说群体做出了积极的探索和示范。

戴希的微小说《订婚》讲述青岛小伙远赴常德向网恋已久的常德姑娘求婚的故事。小说以钻戒丢失在米粉店为开端，随后在米粉店老板的帮助下钻戒失而复得，在老板拒绝他的酬金之后，小伙子请常德人民免费嗦粉以回报常德人的善良，最后青岛小伙也凭借这一善举获得姑娘的青睐。这篇作品回应善德文化对人性真善美的呼唤，也体现了一位优秀作家的人文关怀和文学立场。《订婚》中，不管是说出"常德是厚德之城，我们交还你的失物还收酬金吗"的店老板，还是拿出资金行善积德的青岛小伙，以及相比金钱更看重人品的常德姑娘，他们的身上无一例外地展现出人性的光芒。在戴希的笔下，这些人物都表现出善德文化孕育下的人情美、人性美，为功利性的社会拂去了一层尘埃，显示出现代文明人的人性光辉。

更惊喜的是，戴希对人性的赞美并没有浮于说教，而是借助自己的写作技巧，将这种对人性的赞美通过故事的形式自然而然地表露出来。《订婚》这个故事虽然很简单，戴希却刻意地营造许多情节上的波折，努力在故事情节中挖掘其中的人性光辉，使得读者接受起来更为容易。而且，戴希所选取的题材也十分贴合人们的日常生活，拉近了人民群众与文学作品的距离，从而能够使得作品得到更广泛的传播和认同，这样也为戴希弘扬传统美德，促进人性不断完善提供了有利条件。戴希的这种有益实践也将不断引导人民群众追求人性的真善美，进一步促进社会主义和谐社会建设。

二、政法背景下的人性拷问

"艺术源于生活"，作家的社会背景和生活经验总是会不可避免地影响着作家的创作风格和创作题材，而戴希在政法部门工作的经历也对他的微小说创作产生了深远的影响。工作环境和工作性质的特殊性使得他相比其他人更加容易了解到广大人民群众的真实生活状态，对于人性的审视和思考也更具说服力和实践性。戴希标举一种关注实际生活的现实题材创作精神，凭借着在政法部门工作的优势，以其敏锐的目光和深刻的思想，准确表现了商品经济社会中的种种现象，深层次地表现了现代社会中人性的复杂。作为一个具有高度社会责任感的公务员和作家，他极具批判意识，他将自己的工作经验化为一个个生动警醒的故事，对丑进行无情的揭露和批判，真正做到了"晓生民之耳目"，发时代之新声。

戴希在《麻辣火锅店》这篇微小说中，对这种人性的贪婪与丑恶做出了有力的鞭挞和讽刺。杨卉的麻辣火锅店通过廉价收购病死的家禽作为原料，凭借着低廉的成本优势展开价格战，成了城中最大的火锅店。可是，讽刺的是，家人都深知这种食品的危害性，所以母亲会刻意选择不买自己的火锅，而跑到竞争对手的火锅店购买。可是，令人没有想到的是，杨卉利欲熏心，其他竞争对手的火锅原料也是从自己这里入手的。通过母亲的上当，作者诙谐幽默地刻画了一个奸商的丑恶嘴脸，贪婪、泯灭人性、法治意识淡薄的人物形象跃然纸上。作者还设置了一个耐人寻味的结尾，在面面相觑中昭示"善有善报，恶有恶报"的道理。在这个社会，没有人能够独善其身，杨卉的这种恶劣人性终究会使她自食恶果，得到报应。

"艺术品中丑的、悲剧性的、荒诞性的意象塑造不是为了激发美感，而是通过展示人性的阴暗面、揭示人性的冲突等手段，唤起欣赏者对人性完善的必要性的认同、对假恶丑的愤慨、对真善美的渴望。"毫无疑问，戴希的写作就是用贴近生活的故事情节和看似荒诞不经的人物形象对恶劣人性进行无情的揭露和鞭挞，从而唤醒读者对美的追求，达到警醒世人的作用。戴希的微小说尽管篇幅短小，但是凭借对丑恶人性的揭露，充分引导读者对人性问题进行思考，劝人从善，教人改邪，使得微小说的思想深度和社会功用达到了一个新的高度。

三、辩证哲学下的人性思考

在戴希的作品中，虽然有着对于人性的单一性描写，但是更多的时候他是以一种整体性的辩证哲学眼光对人性的复杂性和多变性展开描写。辩证多元地看待人性是戴希独到的视角。在他的笔下，世界上没有绝对的善和绝对的恶，而更多的是善恶是非并存，人性总是以一种辩证的方式存在，并且进行着动态的转换。他意识到人性的复杂性，所以从不轻易对笔下的人物形象判处死刑，而是以一种辩证的价值判断使得小说中的人物形象最大限度地融合善与恶，美与丑。

《因为母亲》中的罪犯是杀人不眨眼的凶手，身上沾满十四个无辜生命的鲜血，是被通缉两年也未能抓获的逃犯。就是这样一个十恶不赦、罪大恶极的人，依然能够为了不让母亲担心，心甘情愿地放下武器。在文章最后，在与恶的激烈交锋中，在母亲的人性救赎里，孝终究战胜了恶。

不难看出，**戴希作为一名具有高度社会责任感的作家，他始终坚信善是永恒的，恶是可以被教化的**。他的作品总是对人性至善的回归和重建保有希望和期待，教育读者弃恶从善是他不变的文学主题，也是他毕生的文学理想。

四、结语

人性始终是一个善恶并存的混合体。戴希将人性中善的一面尽情歌颂，充分肯定人性中的真善美，号召读者去追寻人性的至善；同时，他也毫不掩饰地批判人性中的恶，引导人们正视人性中的黑暗面。不管戴希是以何种视角对人性进行关照，我们都能看到他始终对人性充满信心和期待，他的落脚点都是为了保留人性中的美好因子，以求构建一个真正意义上的社会主义和谐社会。

（指导老师：汪苏）

作者简介： 袁天平，湖南文理学院中文系学生。

妙笔融情,意韵悠长
——品读戴希诗集《黑鸟》有感

欧阳华丽

我和戴希老师有过一面之缘,他高大帅气,随和儒雅。我也拜读过戴希老师很多文质兼具的小小说,他的小小说简洁传神,笔笔到位,令人过目难忘。最近读戴希老师的诗集《黑鸟》,我的思绪如秋水微澜,逐渐弥漫——诗集《黑鸟》中有太多的诗意倾泻,太多的真情流露,太多的智慧闪现,戴希老师的目光流连于熟悉的山野、乡村、城镇,他以个人敏锐的诗写触角,感知日常事物的诗意,或捕捉微妙的变化,或触摸历史的脉搏,或融入地域风物,视域广阔宽泛,有古典与现代糅合之美。

我相信,不同的诗人具有不同的审美观照及艺术表达,而戴希老师又是小小说名家,他的诗因此更注重讲述与抒情的关系,讲究分寸和适度拿捏,个性鲜明。正如他所写的黑鸟,在乡下随处可见,屋后的树上,废弃的土垛上,菜园子的篱笆上,通体黝黑,羽毛光洁,从不远离人们的视线,也不会远离人们的生活,作者便赋予了它意蕴丰厚的灵性:

摆开马步 拉开弹弓 瞄准/弹丸箭一般射去 我家屋后/那棵

高高的苦楝树上/黑鸟惨叫一声　落地/父亲满脸怒容　冲向我/一把夺过弹弓　折断

…………

我至今心疼　懊悔　想大哭/父亲留不住　像爷爷一样　走了/父亲的魂灵也会像爷爷一样/变成一只黑鸟吗

意象神奇，语言精练、形象，又富有画面感——相信万物有灵，应该是诗人的宿命，诗人笔下的这只神鸟令人深思，让灵魂战栗。

戴希老师诗意娴熟，质感纯粹，善于选择大众耳熟能详的言语，这些寻常白话，在他的笔端，仿佛陈年老玉，略做擦拭和串联，顿时散发出熠熠生辉的温润，直指人心——词语的生命被重新赋予，同时又抹上了情感的光泽。

例如《乡情》中，戴希老师把乡情想象成可以晾晒的树叶：

每天/都总要把乡情/一叶挨一叶地/排上阳台/晾晒/而我/就靠着窗台/凝神看她/如何卷起叶子的边缘/屏息听她/浅唱低吟蒸腾的心音

再如《故乡》中散发出泥土的芳香和原生态的乡野生活的情趣，更契合了现代人的情感和隐隐作痛的乡愁：

故乡是深藏于地下的醇酒/存储时间越久/越是清香/醉人/故乡是沃土上成熟的甘蔗/越是接近根部/越是多汁/甘甜/我们注定会走到路的尽头/但永远也走不出/自己的故乡

《远和近》则通过远和近的关系刻画出了灵魂和肉体对故乡各自不同的依恋：

其实故乡很近/近到我坐在自家的窗前/也能听到母亲唤我的小名/近到我伫立城市的阳台/也能看到儿时伙伴们的追逐与欢笑
…………

我的头一直伸向窗外/望眼欲穿望穿秋水/怎么总也抵达不了/故乡曲曲弯弯的河流/总也抵达不了/故乡星罗棋布的田园/总也抵达不了/故乡袅袅的炊烟/嘹亮的鸡鸣和亲切的犬吠
…………

流畅自然的笔调,若隐若现的乡土伤感情绪,从古到今的文人雅士情怀在戴希老师的诗歌中得到了鲜活的呈现、演示和表达,它们美好且残酷,痛楚而绮丽,这是诗人和当代人乡愁的底色。

戴希老师的诗歌作品有一部分也像耐人寻味的小品文,主题集中,亦庄亦谐,有无限的艺术张力,他以精雕细刻的诗歌语言,彰显个性的诗写,采用了生活化的细节。这些细节带有生活情趣,言简意赅,一针见血地抒写人性的弱点。尽管有风险和挑战,但无疑有效地避开了那种思想现成、诗意陈旧和创造匮乏的写作,是保持有效原创力的较好方式之一。《婚检风波》《亲情》《我这是怎么了》等诗都是他在朴素日常中捕捉到的人物命运的微光,在人间生活里凸显现实的深意,精短而警策;《有条名犬》更以诗人的悲悯情怀和宽容眼光看待往来众生,给人以启迪:

有条名犬/一直被人豢养/生活在人之中
…………

有一天/它忽然在街上/见到了一条犬/忽然从镜子中/看到自己/也是犬类/它立马惊呆了/接着就默默地/长久地落泪/可落泪之后/它还是把牙一咬/昂首挺胸　继续/以人自居

爱情不一定是诗人一生创作的唯一主题，但爱情一定是诗人最敏感、最丰富、最流畅的创作题材。

我读有些诗人漫天飞舞的诗句，时常有被捉弄的感觉。诗歌所谓的意象看起来似乎很有诱惑力，但终究是虚幻的，它必然要依附于具体的人、事或情感。而戴希老师已经在诗中敞开了身心，所以，他的柔情我一览无余。他带着爱和自信，穿行于字里行间：

亲爱的，不要怀疑／让我们携手走向爱情／就像你的大海、原野／就像我的行云、流水

他用灵动的笔触，记录了一幅幅美丽的爱情画面，有的浓情似蜜，一句句诗，藏着一个个美丽的故事。

《幸福》中：

我洗劫了你／你很幸福／你投下了诗／诗很幸福／诗轰击了我／我很幸福／我淌出了血／血很幸福

有的淡淡愁思，凝而不散。

如《风筝线断了》：

风筝线断了／悠悠　切切　凄凄／飘向属于自己的一片蔚蓝／草儿青青　云儿朵朵／我依然攥紧／那根彩霞般跃动的情思／那段美丽而忧伤的故事

有的自在地流淌着内在的韵律和节奏，慢慢地浸入读者的视觉、味觉、触觉，回味无穷，如《什么时候能不想你》：

我在需要想你的时候想你／我在不该想你的时候想你／总是想你想你想你／亲爱的／什么时候能不想你

朴素简洁的文字，娓娓道来的情怀，作者纵驰于自己的情怀和想象，放笔于自己的真情书写，为我们描绘出一幅幅充满艺术立体感的爱情画面。

而诗集中的某些作品，诗句貌似平淡无奇，但构思新颖奇特，具有无与伦比的想象力：

我身轻如燕　走上一座城市的／一条大街／忽然　我发现街上／所有的窗子都开着／所有的窗口都伸出／一根长长的钓竿／你们在干啥呀　我问一扇窗子／钓鱼　钓鱼都不知道

还有一些值得一提的作品则形式短小而意味深长，富含生活哲理。在语言上，明白晓畅而又情韵悠长，具有独特的艺术魅力，余味无穷。如这首《尽头》：

幼稚的尽头是成熟／苦涩的尽头是甜蜜／昏迷的尽头是苏醒／风雨的尽头是彩虹

再如《笼子》：

关在笼子里的老虎／还有山雀／它们都是／不自由的／那么／让它们不自由的笼子／自己就自由吗

诗歌虽隐含着人生的大哲理，但作为一名成熟的诗人，他深知无须直接去诠释和讨论，他注意留白，给读者以充分驰骋想象的空间，而这留白处，正是"姹紫嫣红"一大片……

总之，品读戴希老师的诗集《黑鸟》，让我体会到了对故乡的盈盈月光般的挚爱，感受到了对生活五味杂陈的细细反刍，侦察出了对五彩缤纷的生活的清晰的透析，还有，对美的充满猎奇的欣赏，对艺术的富有深情的热爱。也让我深深领悟到：诗句的华丽不在于辞藻，诗歌的美也不在于刻意雕塑，而在于是否能够传递出那份源自根的情怀。

作者简介：欧阳华丽，湖南作家。

一朵暖色的向阳花
——戴希微小说集《发现》印象

简嫒

读戴希先生的微小说集《发现》，这本书里涵盖的深意与思考问题的角度让我不得不叹服他对生活的洞察与探索。无论从哪个角度切入故事，他总能在最后让我看到微光或是感受到温暖。不经意间，《发现》就像一朵暖色的向阳花，悄然开在我的心田。

这是一个特别害怕别人说自己不深刻的时代。戴希先生是不用害怕的，他的作品简练、精致、有趣，并含深意，充满了理性思辨色彩，总是从一个侧面凸显特定时期的时代特征、价值观念、文化取向和审美追求。

《每个人都幸福》是一个关乎心灵的作品。戴希先生别具匠心地在一群先天性残疾的孩子身上展开叙述。在教室里，苏浅老师和一群有先天生理有缺陷的孩子的对话构成的叙述张力昭显着一种感人的力量。表面上，苏浅老师是在问这些残疾孩子各自不幸福的原因，实际上她是在引导孩子们看到生命的个体差异。《每个人都幸福》这个作品在貌似单纯中，讲述出生命的不寻常，有一种显见的向心灵深处探寻的文学追求。

对于作家来说，心灵是一潭湖水，会时时泛起阵阵涟漪。用各自不同的发现和不同的角度,让作品散发出格外浓郁的精神关怀,体现着微小说高品位的文学追求。

纷繁复杂的人世,让人们很难相信事物原本简单的真相。戴希的《其实很简单》取材于市井生活,写的是光天化日之下,一个女人被歹徒抢劫,大街上人来人行,无一人相救,围观者成了木偶,场面沉默得像凝结的冰。这里写出了世态炎凉,人心冷漠。可令人意外的是,在可怕的沉默之后,一个文弱书生冲上去,不顾生命安危阻拦歹徒,最后感化围观者,一齐制服了歹徒。谁也没有想到,这个书生竟然是单位最胆小怕事的人,他之所以这样做,只有一个原因,不想让自己的孩子失望。显然,来自童心的人性美的光芒在那一刻成了救赎的力量。

小说构思精心,作品以一种达观的气度阐释世风的改变并没有那么复杂,并以此为依托,在有韵味的叙述中,讲述人心向善的变迁,社会风气的潜移默化。

微小说篇幅短小,很容易写得简单,缺少内蕴。读戴希先生的作品,我时常会将他当成一个雕刻家,他总是自觉地在有限的空间里,雕琢出丰富多彩的人生。

在《祝你生日快乐》中,他运用设置三种结局的结构方式来拓展小说空间。芦苇岸和林馥娜网恋得热火朝天,林馥娜建议在芦苇岸老婆生日的时候要芦苇岸送礼物,芦苇岸于是送了花。一种结局是老婆隐瞒送花的事,另一种结局是老婆猜到了是他送的,第三种结局是老婆不承认有这事。林馥娜和芦苇岸交流下一步咋办,当芦苇岸说要离婚时,林馥娜忍不住跳出来,说明自己就是芦苇岸的老婆本人。故事推进的变幻像海浪般层层堆叠,这种由生活本身构成的复杂性与不确定性,昭示着社会生活的演变。小说由表及里、由浅入深地写出了世态的变异,时世的变迁。

微小说当然也应该不断给社会和读者奉献众多鲜活的人物形象。

戴希先生在《老子是劳改犯》《胯下之辱》《一串佛珠》等作品中努力实现人物形象塑造的突破，写出了一些有特色、有突出审美价值的人物形象。

《一串佛珠》写"我"收到好朋友海力送的佛珠以后，海力突然找"我"索回。"我"以调侃的语调一步步逼近海力的内心世界。作品通过刻画一种人物形象，叙写一类人想象不到的滑稽，表现人性的劣根性（或弱点），即有人在现实利益面前的卑微。除此，我还看到一束火光——当"我"把佛珠还给海力时，"我"同样也面对某种诱惑。给或不给？"我"却显示出了内心的强大。作品在让我们看到海力内心的某些不堪时，也看到了"我"对朋友的真诚，而这份真诚正是我们这个时代所缺失的人与人之间最需要的火光。

《发现》中还有四篇历史类题材的作品。在《特别赏赐》中，小说把唐太宗作为塑造人物的重要载体，写出了一个性格鲜明的人物形象。以今人的心灵去体察昔人的心灵，用昔人的心灵来反照今人的心灵，这是一种文化对话和心灵对话的产物。小说给人们提供了一面镜子，镜子属于历史，镜中之像却属于现实。所以作品有历史意义，更有现实意义。

我惊喜地发现，戴希先生写历史不是为了影射现实，他像一个高超的魔术师，总能将一些人们熟知的历史人物或事件转换成正能量的源头。

我想，只有一个内心存在火光的人才能给他人以温暖，一个内心充盈的人才能润泽他人的心田。如此看来，《发现》不只是让我们发现戴希先生和他的作品，更多的是在他的引领下发现人世的美好与纯净。

（原载2017年10月19日《天水晚报》）

作者简介： 简媛，湖南作家。

言有尽而意无穷　于无声中见有声
——论戴希微小说的空白艺术

袁天平

中国的文化艺术，无论是琴、书、画，还是园林、建筑，向来钟情于留白。"大音希声，大象无形""官知止而神欲行""惜墨如金""无言之境"等无不给人以无限遐想。历史实践证明，艺术和空白的关系紧密，空白的运用能够营造一种隽永含蓄、虚实相生的意境，自然而然地增加艺术品美感的层次和深度，并且有效地拓宽艺术品的审美空间，使其审美对象获得强烈的体验感和参与感。

当今社会是一个生活节奏飞速加快，文学接受模式发生巨大改变的时代。人们更多的是在进行碎片化阅读，因此在内容接受方面更加追求短平快、情节高度集中凝练的作品，这样微小说便应时而生。由于微小说要求在小篇幅中最大限度地扩宽容量表达思想，所以空白艺术的运用对于微小说作家是必不可少，而著名武陵微小说作家戴希对这种手法的运用则堪称典范。

一、删繁就简著文章，简洁明快引思考

戴希在创作微小说时，很少用大量的笔墨来交代故事背景、描绘人物形象，而是更注重小说主题的表达，并且这种省略和空白不是空

无所有的，而是虚实相生的。在这种空白之中，能够有效地扩宽小说的容量，将更多的笔墨花在与小说主题相关的内容之上，作品往往也会更加集中凝练。读者虽然不能从小说中直接得到人物形象，但可以通过故事情节间接地捕捉人物形象，使人物变得更加鲜活生动。

戴希的微小说《宰相申鸣》没有对人物做详尽的描写，其忠义的品质在文章中也是只字未提，而是设置了一组忠与孝的矛盾冲突来突出申鸣的性格特征。文章起先极力描写他拒绝入朝为相的场景以渲染申鸣的孝道。但是，在即将舍命亲征时和叛贼用父亲要挟他时，申鸣都放下了"孝"，选择了"忠"，两相对比，更显重量。忠孝这一尖锐矛盾始终存于小说内部，文章以申鸣的自杀结束，更具悲剧意味的同时，也在这种矛盾冲突中将申鸣的忠孝表现到了极致。值得一提的是，这篇小说惜字如金，将大量笔墨放在了其情节的刻画上，有意地省去故事背景的交代和人物形象的具体描写，让读者的注意力全部集中于故事情节之上，单纯地通过小说情节来认知申鸣的人物形象，以此加深读者对人物形象的理解和认识。

一位优秀的作家永远不会把所有内容写细写尽，因为他们知道自己永远只是一个讲述者，而读者才是文章的主人。所以在戴希创作的微小说中，不管是故事背景还是人物形象，都会留下很多空白，给读者留下思考的余地和审美的空间，使得小说"不着一字，尽得风流"。

二、跌宕起伏留悬念，隐显相间显主题

"长篇宜横铺，不然则力单；短篇宜纡折，不然则味薄。"微小说只有通过波澜迭起的情节才能扣人心弦，也只有不断反转和突变才能带给读者以刺激感，从而激起读者的阅读兴趣。而要想形成这种反转和突变，运用情节的空白艺术以造成悬念则不失为一个很好的办法。作者会在开头便设置一些令人费解的反常现象，然后将中间不必要的情节省略，四处设伏，以造成"柳暗花明又一村"的反转效果。

这种空白不仅能够使作者准确把握住小说的叙事节奏，而且也能够更快引起读者的阅读兴趣，使得读者更具参与感和体验感。

他的微小说《儿女》，是写一位老太太与机器人的故事。老太太的大儿子定居美国，女儿在北京，工作繁忙，均无暇照顾老母亲（这里是第一个波澜），于是女儿购买了一个机器人当作"小儿子"来照顾老太太的日常生活（这里掀起了第二个波澜）。十年后，老太太去世，大儿子因老婆生孩子未能回来，小儿子却因过于悲伤而自毁程序灭亡（这里是第三个波澜）。这篇微小说就是通过这种跌宕起伏，深刻讽刺了社会经济发展过程中所带来的养老问题。作者在前文有意地把小儿子写得极其孝顺，在最后才来个大反转，将全文情节推向高潮的同时，使得后来故事的反转更具有合理性，情节结构也连成了一体，并且在情节反转之中往往会给读者带来强烈的情感刺激。

在《谁的一票》中，作者讲述了在优秀工作者投票选举中，高科长意外地只得到一票，会后他的领导同事下属都笑意盈盈地告诉他自己投了他一票，可出人意料的是，作者在最后交代高科长自己还投了自己一票，使得这件事情真相大白，令人啼笑皆非。但是作者并没有在开头就交代高科长投了自己一票的事实，而是将空白留给读者去补充，既让文章简洁明快，也给读者留下了想象空间，使得读者跟着作者的笔触一步步深入，在阅读的过程中不断地去猜测，不断地去思考这一票到底是谁投的。情节虽然简单，文章篇幅也不长，但是在这种精巧的构思和情节的反转下，文章结构精巧，疑团四伏，波澜迭起，令人感到余韵无穷。

"只有在文中跌宕起伏的情节中留有空白，使读者通过联想与想象，同时积极主动地去思索、去想象、去创造，以获得更多的审美自由和审美愉悦。唯有这样，方能破译表面语言以下蕴含的深意，获取一种言尽意远、余音绕梁的艺术享受。"写小说不能是一条直线，而是要一条曲线。微小说情节的尺水波澜、跌宕起伏往往取决于对空白艺术的运用。空白艺术能够给文章设置悬念，推动情节的发展，让悬念层层递进，使得反转更为合理，并且对于其情感主旨的表达也具有一定的积极作用。

三、开放包容设巧思，余韵悠长布结局

戴希写小说一直都秉持一种开放包容的视角，积极地去开拓不同的可能性。在他的写作观之下，结局永远都是开放开阔的。作者很少直截了当地挑明结局，而是将自己和自己的态度放在作品之外，把解读的机会留给读者，有意识有目的地去引导读者去填充结局。

戴希在多篇小说中运用留白的手法，巧妙地设置模糊朦胧的结局，营造一种此时无物胜有物的境界，使得小说的主题意蕴显得格外含蓄朦胧，带给了读者回味无穷的审美空间。例如在《永远是朋友》中，一开始，小说男女主角在一起关系融洽地谈论诗歌，女方却误以为男方嫌弃她的外貌而不欢而散。

但是，女方知道真相后，他们很快在实习的地方重归于好，又开始谈论诗歌。就在读者以为故事即将皆大欢喜的时候，作者又巧妙地制造一个冲突，男方拒绝了女方的告白，双方再次不欢而散。然而，令人拍手叫绝的是小说的结尾，女方寄来了一张写着"祝福你，永远的朋友"的明信片，坦然地接受分手。在这里，作者没有用大量的笔墨进行描写，只是用一句，一瞬间，她的形象竟丰满而美丽起来，并以此结束了这个故事。

结尾这简单的一句话，并没有说明女生的形象在男生心里是怎么丰满而美丽的，但是这个精彩的"空白"却能引导读者自发地去进行想象，带给读者一种永无止境的艺术享受，使得女生气量宽宏、大方美丽的形象永远留在每一个读者的心中，将作品的美学境界推向了一个新的高度。

"将空白艺术运用于小说的结尾，不仅能最大限度地增加艺术载

体的信息量，而且还可以增加小说的召唤力和艺术感染力。"戴希的小说结尾擅长营造空白感，创造空白意境，从而吸引读者去探索、填补空白，使得读者融入小说之中。戴希充分发挥空白艺术的作用，使得小说文本结尾具有了一种让人层层深入的感染力和吸引力。

四、结语

一篇小说能带领读者重新体验一种人生。人生不是一眼就能看到尽头，因而小说也不应该把一切都和盘托出，也需要尽可能为读者保留不同的可能。

空白之于人生，是一种生命的本能，代表着无限的可能性；而空白之于小说，是一种技巧，更是一种艺术。这种空白艺术往往不是毫无意义的省略，而是一种小说情节铺排的自由，一种使读者融入小说之中的自由，因而巧妙地运用空白艺术需要一种观察力和分寸感。从以上分析中，我们不难看出戴希是一位运用空白艺术的高手，他的微小说真正做到了言有尽而意无穷，为武陵微小说的写作起到了良好的示范作用。

（指导老师：汪苏）

（原载《小说月刊》2021年5月下半月刊）

戴希：情感与关系的现实把控

聂茂　陈雅如

韦恩·布斯在《小说修科学》中说过，"真正的小说必须是现实主义的"，优秀的小说是反映社会生活的一面镜子。社会生活千变万化，在不断的推陈出新中拓展着人类智慧的极限，新发现和新问题也在不断涌现。如何精准地把握时代的脉搏，切准社会病根的苗头，及时发现问题并提出警示，是每一位文学创作者都需面临的挑战。面对微小说在社会和文学领域中愈发重要的现实情形和社会现象和问题不断涌现的情况，戴希对创作微小说的态度也从最初的娱乐消遣变为了精益求精，将自己对于社会的希望融进自己的小说创作中。他准确地把握社会风向，不断磨炼和实验着自己的写作能力。在他自己看来，"世界已进入微时代，微小说又是微时代的文学宠儿，实验微小说，我自然会永不止步，风雨兼程"。在微小说实验中，戴希通过多个主题的书写，涵盖了社会生活的多个方面，内核积极健康，充满阳光和正能量，思想内涵和切入角度皆有新奇和独特之处，在当代小说创作中，开辟了一条属于自己的道路。

一、永恒的真善美主旋律

美好真挚的情感和动人心弦的故事是文学中永不过时和繁荣常青的主题。人类社会需要真善美来维持稳定，人心需要真善美来洗涤心灵。作者通过书写来"宣泄"生命中的快乐和痛苦，读者通过阅读来超越现实困境追求心理平衡。生活中的真情和真善美，是鼓舞和温暖人的一剂良药、一份慰帖。无论社会关系和社会现实怎样变化，人类的情感都会从纠结复杂中突围。真挚的友情是人类社会关系中温暖而坚强的存在，是血缘关系之外另一种人性的光辉。戴希在《太阳》中，用一个轻松愉悦的故事将友情太阳般的温暖传递给社会，以童真的清澈纯善中和社会的污浊阴暗。社会生活中的友情是亲情之外对于人心的一种助力。

在绝大多数情况下，亲情，尤其是父母对孩子的情感是最为牢固的关系纽带，是世间最伟大的爱。在某些情形下，这种纽带力量可以得到成倍的增长，甚至达到"重塑性格"的效果，就像彼得·帕克在蜘蛛紧身衣之下，从高中生转变为超级英雄蜘蛛侠一样。英雄是为拯救世界而出现的，而父母就是为保护孩子身心而出现的英雄，平时隐藏在自己的其他社会角色之下，一旦触发危机，亲情"战服"便会触发，为孩子遮风挡雨，无所不能。在《其实很简单》中，为了成为孩子心中的榜样和维护父亲的尊严，"不让自己才六岁的小毛孩看不起"，不算勇猛的小伙，在扮演父亲角色的"战服"加持下，成功化身为"超级英雄"。在社会心理学中，社会影响之下，面对危急时，人的大量存在看起来会增加某人出手相助的可能性，实际上却降低了任何一个人出手的可能性，因为每个人的责任被分散了，谁都可以推卸责任。这种"旁观者效应"——其他旁观者的在场会抑制人们采取行动——阻碍了他人的出手，因为从众是最安全的。但一旦有一个人打破了众人的一致性，其余人便会很快摆脱多数人影响的力量。小伙率先出手的举动打破了众人不动的局面,使得歹徒被制服。是父爱的力量能够让他无视一切外在危机,甚至忘记自我的存在,战胜了从众带来的安全感。对孩子的爱激发了潜藏在自我外壳之下的超我。戴希歌颂这种平凡人的英雄举动,每个人都能成为不同领域的英雄。

"拯救"不仅可以发生在亲人之间,也可以发生在陌生人之间。用真情感化屠刀是世界上最动人的事情之一。在《这个故事我不写不快》中,面对劫犯,母亲没有惊慌,而是站在长辈的立场上对青年进行规劝,春风化雨般的说服方式在降低劫犯警惕的同时也能拉近人心、增加可信度,在保护了自己和女儿生命财产的同时也挽救了两个误入歧路的灵魂。在沉稳老练的基础上,母亲以最小的成本获得了最多的收益。

现代人类辛勤劳作的目的之一就是让亲人幸福、自己幸福,但大多数人疲于奔命,却从未注意过身边的幸福。戴希在《每个人都幸福》中就讲了一位老师启发残障儿童们如何感受幸福的平凡故事。道理很简单,幸福随处皆是,照此行动却不易。每个人选择看到的东西不同,选择看到幸福,幸福才会从无关紧要的小事变为"幸福"。"每个人的幸福都比不幸多得多。"但往往只有在比较中,这种获得感才会放大。缺少了对照,人往往会囿于自身的缺憾顾影自怜,将"失去"放大,将"获得"压缩。"每个人只有一点不幸,却有许多意想不到而又弥足珍贵的幸福。"世间"大幸大福"少有,"小幸小福"却多,量变能引起质变,微小的幸福汇聚成河,就能获得莫大的愉悦,关键在于是否能发现这些"小幸运"。如果人类都朝着积极乐观的方向去看,抑郁将会在社会范围内大幅度缩减,而戴希想要达到的,也就是打开一扇发现幸福的门,寄托寻找幸福的美好祝愿。

二、社会关系的巧妙探讨

萨特有言:"一切文学作品都是一种吁求。写作就是向读者提出吁求,要他把我通过语言所作的启示化为客观存在。"戴希将自己对当下社会现象和社会关系的思考通过文字在自己与读者之间搭起沟通的桥梁,在交流中将启示传递给读者。

《笑》这篇作品巧妙真实地反映了一些人的职场处世准则,讽刺辛辣。在小说中,办公室和家庭上下都因为墨局长表情的变化揣测良多、疑神疑鬼,结局却只是墨局长的门牙问题导致了表情的不自然。一些人打磨工作事务的精力被放在了揣摩领导的心意而非工作本身上,长此以往,工作效率和质量肯定会受到影响,业务能力也会降低,会助长社会消极的风气。中国传统对人情关系的重视固然加强了人与人之间的联系,但是一旦在人情世故上投入过多的精力,自身的工作能力可能会降低,而且会对权力有着过高的崇拜和趋附,长此以往,并不利于社会的公平。戴希用生动的笔触写出了众人对于墨局长表情改变的心理变化过程,在不动声色中对众人进行嘲讽,巧妙且意味深长。

婚姻关系是人类社会中独特而又重要的契约关系,也是人类家庭生活的核心。了解婚姻中双方的心理对于维持和稳定婚姻关系有着积极的作用。戴希有关婚姻关系的微小说的架构和思考充满了巧妙和趣味。在《一包烟蒂》中,烟蒂是骆英和海烟两人关系的平衡点,在海烟发现烟蒂之前,两人维持在一个相对平衡的微妙关系中,海烟怕骆英发现自己抽烟,骆英怕海烟发现自己珍藏的烟蒂。当烟蒂被发现时,情感天平失衡,如何在烟蒂这个砝码被拿走之后使两人关系重归平衡，使婚姻关系维持下去，是戴希想要讨论的话题。面对失衡的关系，骆英选择放弃那包烟蒂，也就是跟无法释怀的心结挥别，而海烟选择放弃吸烟，两人各退一步之后，天平再次稳定，婚姻关系也能继续维持。维持婚姻的关键是在情感波动的失衡中找平衡，夫妻双方需要各自做出让步、妥协和包容，当双方各自退到情感稳定的范围内，天平会再次持平，婚姻关系就是在失衡与平衡中摇摆。

在《祝你生日快乐》中，戴希以三种故事结局的方式戏说了三种婚姻的结局。网友林馥娜是江非和白玛两人婚姻天平的失衡砝码，砝码若被放在天平之上，天平就会失衡；若砝码在天平之外，天平仍可保持平衡。林馥娜的玫瑰是她的投石，想问去往天平的路是否好走，白玛对江非的情感则是路上的障碍，决定着林馥娜能否越过。第一种结局，白玛装作无事发生，障碍的高度不变，林馥娜暂时无法通过，但白玛心虚的态度使得林馥娜有机会跨越障碍，天平稍微倾斜；第二种结局，白玛对江非稳定的信任直接堵死了林馥娜的路，砝码选择远离天平，天平保持平衡；第三种结局，白玛对江非产生了深重的怀疑，决定直接退出天平，天平倒塌。三种结局也就是婚姻常存的三种形态，面对情感危机，互相试探、互相信任抑或彻底结束全在于夫妻双方的选择和博弈。婚姻有时也是一种商品，关键在于双方的讨价还价和你来我往，当价格达成一致时，婚姻关系就会稳定下来。戴希这种有趣的写作方式在带来更多阅读趣味的同时，也能引导读者对重要的两性关系问题进行更加深入的思考。

三、潮流与风向的前沿

在《儿女》一篇中，戴希探讨了当下热门的人类与人工智能的问题，对未来人类和智能机器人的伦理关系问题提出了警示和思考。在老龄化问题越来越突出的中国,人工智能的出现和发展对于养老体系有着巨大的助力作用。但人类与人工智能之间的伦理问题也逐渐引起人们的重视。在小说中,老人亲生的儿女都因自己的家庭和事业对老人无法尽孝,女儿买下智能机器人代替自己照顾老人,看起来赡养老人的问题已经完美解决。故事的结局却出人意料,机器人"小儿子"在照顾老人的过程中对老人生出了浓厚的亲情,在老人过世之后,"小儿子"也选择自毁离去。难道数十年的血缘亲情还比不上十年的相处吗?难道肉心真的比不上机械心吗?中国自古讲求孝道,在对老人尽孝的问题上,不是只要花钱使老人得到身体上的照顾就算尽孝,老人情感的空虚及其内心对于亲情的渴求同样是儿女应该正视的问题。花钱是次要,投入情感才是主要。不能让小说中的伦理错位发生在现实社会中。

在《穿袜还是戴帽》中,戴希将目光放在了全球化的趋势上。在全球化潮流无可阻挡的今天,政治、经济联结愈发紧密的同时,文化的交流和冲突也愈演愈烈。文化差异首先带来的是沟通和交流,在这一阶段,双方处于包容和接纳之时,新奇和有趣占领上风;等到文化接受饱和之后,比较的高下之争便会浮出水面。在小说中,女人和男人作为东西方文化的代表,其感情也经历了一个由热恋到破裂的过程。恋爱时期,文化差异带来的不同的思维和习惯处于平行状态,双方享受着"不同"带来的新鲜和刺激,两者互不干扰;孩子出生之后,为了孩子,两人的各自的文化习惯开始相交碰撞,最激烈的矛盾集中点也就是爱的集中点。在谁也不肯退让之后,两人只能分开。这也正是文化交流的底线:不同文化都有各自独特和优势之处,最完美的相处状态就是求同存异和兼收并蓄。不对其他文化指手画脚,也不孤芳自赏;接受相似的观念,也包容相异的习惯,这样才能更好地与其他文化和平共处，在保持文化独立性的同时发展文化。

结语

诚然，我们需要典雅精致、意蕴丰富、内容深广和感染力强的高雅经典文学。但面对当下节奏快速、匆忙疲惫和时间割裂的现代人来说，留给大部头经典长篇小说的选择余地在不断缩减。由于缺少了给予阅读经典的必要沉浸时间，长篇经典应该呈现的思想光芒和无穷韵味也就不可能被充分挖掘。而在仅有的选择余地中，大部分时间又被分给了某些千篇一律但阅读快感强烈、充满漏洞却又情节高度紧凑的超长篇网络小说。从微末至巅峰的主角历练之路是大多数人向往却无法得到的事物，在某些网络文学的阅读过程中，娱乐安慰的功能大于了思考沉淀的功能。在当下社会生活中，我们需要蕴嬉笑怒骂于思考社会人生中的文本，篇幅精悍却不乏思想魅力的文本，文笔精炼却不失审美意义的文本，微小说是充满希望的创作方向。但"微小"意味着有限的内容，如何在有限的内容中生出无限的意蕴，如何以小见大避免管中窥豹，如何在通俗中避免粗俗和无意义，如何在寻常事件中找到独特切入点，这是微小说创作需要时时注意的问题，也是微小说成功与否的关键。

戴希的微小说主题多样，善于从日常琐事中发掘题材；内容积极向上，阳光健康；贴近读者生活，能引起读者共鸣；对社会现象敏感，对社会关系理解深刻；能在简单的故事中表达或深或浅的道理。但就故事内容本身来说，有些情节过于简单，想阐述的道理也过于浅显，在内容新意和表达创新上有所欠缺；就文笔来看，通俗有余，回味不足。这不仅是戴希的困境，也是目前微小说创作的共同的局限。"人说《水浒》女人写得不好，无好女人，可是《红楼梦》没一个完整的男人。求全，不是求完美"。虽然有所欠缺，但是戴希对于微小说创作的成就毋庸置疑,需要的是通过不断的写作实践和对社会问题更加深入的思考,把自己更为贴切地"放进"小说中。在写作技巧更加成熟之后,微小说和戴希都会走向更加广阔的发展道路。

(原载《地域之魅:新世纪常德文学发展研究》)

作者简介: 聂茂,中南大学教授、博士生导师,鲁迅文学奖评委。陈雅如,现就读于中南大学文学与新闻传播学院中国现当代文学专业,师从著名作家、学者聂茂教授。

戴希小小说代表作

每个人都幸福

苏浅老师教的是一群有先天性残疾的孩子。他们都喜欢苏老师,乐意找苏老师交心。

"苏老师,我真的不幸福!"一天,孙方杰突然对苏老师说。孙方杰是个双目失明的男孩。苏老师一惊:"你为什么这样想?""因为我看不见花草鸟虫,看不见蓝天白云,看不见真诚友好的笑脸,我——什么都看不见啊!"孙方杰的脸在抽搐。"哦,我晓得了!"苏老师拍拍孙方杰的背。

又一天,许敏冷不丁地对苏老师说:"苏老师,我太不幸福了!"许敏是个双耳失聪的女孩。苏老师一愣,很快在纸上写道:"你为什么不幸福?""因为我听不到风声雨声,听不到歌声琴声,听不到亲切悦耳的赞美,我——什么都听不到啊!"看过苏老师的问话,许敏回答。一串热泪无声无息,滴落在纸上。"哦,我清楚了!"苏老师拉拉许敏的手。

"苏老师,我感觉不幸福!"没过几天,余笑忠又对苏老师说。余笑忠是个双腿残疾、坐在轮椅上的男孩。苏老师温和地看着余笑忠:"告诉我这是为什么?""因为我不能翻越高山,不能横穿沙漠,不能自由行走,我——哪儿都去不了啊!"余笑忠声音颤抖。"哦,我明白了!"苏老师摸摸余笑忠的头。

几日后,李南打着手势告诉苏老师:"苏老师,我很不幸福呢!"李南是个不能说话的女孩。苏老师爱怜地望着李南,也打着手势反问:"你为什么感觉这样?"李南又痛苦地打着手势:"因为我不能说话,不能唱歌,不能讲故事,我——不能用口表达心声啊!""哦,我知道了!"苏老师亲亲李南的脸。

....

越来越多的孩子向苏老师诉说自己不幸福,让苏老师心里越来越不安,越来越沉重。"不能让孩子们悲观、沮丧,不能啊!"苏老师急了。"可怎样才能让这些如花的孩子乐观、振作起来,让他们笑对人生、积极进取呢?"苏老师茶饭不思地冥想。

苦思多日,苏老师的脸才由阴转晴。她迫不及待地把孩子们招拢来,让他们坐在讲台下。

苏老师首先问孙方杰并在黑板上写道:"孙方杰,你要怎样才幸福?""能睁眼看世界啊!"孙方杰脱口而出。"就这一点?""对,就这一点!""嗯,好!"苏老师点点头,还把他们的对话写在黑板上。

接着,苏老师问许敏并在黑板上写道:"许敏,你要怎样才幸福?"许敏不假思索地回答:"能耳听八方就幸福了!""就这一点?""对,就这一点!""嗯,好!"苏老师又点头,也把他们的对话写在黑板上。

然后,苏老师问余笑忠并在黑板上写道:"余笑忠,你要怎样才幸福?"余笑忠立马回答:"能自由行走就幸福了!""就这一点?""对,就这一点!""嗯,好!"苏老师点点头,又把他们的对话写在黑板上。

再后,苏老师打着手势问李南并在黑板上写道:"李南,你要怎样才幸福？"李南激动地打着手势回答："能开口说话就幸福了！""就这一点？"苏老师打着手势追问。"对，就这一点！"李南又打着手势回答。"嗯，好！"苏老师还是点头，同样在黑板上写下他们的对话。

孩子们聚精会神地听啊、看啊，兴致勃勃地和苏老师进行沟通。他们猜不到，苏老师的葫芦里到底装的什么药。苏老师呢，也一直满面春风、不厌其烦地询问着、试探着。

"孩子们，"当最后一个孩子大胆地吐露了自己的幸福观，苏老师亮开嗓子、噙着泪花说，"知道吗？你们每个人只有一点不幸福，却有许多意想不到而又弥足珍贵的幸福。比如李南吧，不能开口说话是她的不幸，但她能看、能听、能走……这些，都是其他孩子苦苦追求的幸福啊！换句话说，你们每个人的幸福都比不幸多得多！是不是——"苏老师下意识地停了停，充满深情地感叹道，"每个人都幸福？！"她把这句启示用红粉笔端正醒目地写在黑板的正中央。

仿佛有把神奇的钥匙，打开了孩子们阴郁的心扉。他们豁然开朗的面颊上，慢慢地爬出露珠一样生动的泪。

（原载《中国铁路文艺》2009年第7期，转载于《小说选刊》2009年第9期，选入《中外经典微型小说大系》）

死亡之约

贞观七年腊月初八,迎着纷纷扬扬、漫天飞舞的大雪,唐太宗李世民忽然驾临朝廷大狱。

大狱里关押着已判死刑、只等批准执行的390名囚犯。

此时,他们有人直勾勾地盯着唐太宗,有人眉头紧锁,有人不停地眨巴着眼睛……都不知道玉树临风、英俊潇洒的唐太宗,葫芦里装的是什么药。

"我是李世民,今天问你们两个问题,你们要如实回答!"唐太宗目光炯炯地注视着囚犯,"第一,对朝廷大狱给你们所定的罪行和罪责,你们可有异议?"

"皇上,我们一点不冤,我们认罪伏法!"囚犯们应声跪下。

"那好!第二,"唐太宗声如洪钟,"说说临死前,你们最后的心愿。"

跪在最前面、家住京畿扶风的囚犯徐福林赶紧连磕三个响头,抬起头哽咽着说:"皇上,我想回家,看看我的父母妻儿,与他们做最后的话别!"

"这个!"唐太宗仔细打量一眼他,把目光转向其他囚犯,"你们呢？都不要顾忌，但说无妨。"

"皇上，我们也一样！"囚犯们迫不及待地叩头、高喊。

"既然这样，我和你们订个'死亡之约'，可都愿意？"

"我们愿意，皇上。"

"好！"唐太宗点头，"第一，准许你们不受任何约束地回家，看望你们的父母妻儿！"

囚犯们颤抖了，他们的眼里都有泪光闪烁。

唐太宗威严地审视他们，又说："第二，你们必须保证，来年九月初四晌午之前，一个不少，自行、准时地返回朝廷大狱，伏法受罪，主动送死！"

囚犯们一愣。他们相互看看，点头示意，高喊："皇上，我们保证！"

户部尚书兼大理寺卿戴胄额上沁出豆大的汗珠，立即小心翼翼地靠近唐太宗："皇上，这些囚犯可是杀人越货、罪大恶极之徒！他们丧尽天良、毫无人性。您放他们出狱，万一他们凶相毕露，或者逃之夭夭，怎么办？"

唐太宗轻轻拍拍戴胄的肩膀："爱卿，用诚心才能换忠心，我肯定他们不会辜负我对他们的信任！"

"这……"戴胄不由自主地摇头。"别说了！"唐太宗对他摆了摆手，然后毅然转向囚犯们："此事已定！你们，都起来吧！"

霎时，囚犯们泪如泉涌，情不自禁地欢呼雀跃起来。

牢门一开，囚犯们就像挣脱了牢笼的野兽，撒开双腿，没命地向家中奔跑。他们担心唐太宗变卦。可他们错了。

秋高气爽，惠风和畅。都城长安。从四面八方赶来的民众潮水般地拥向朝廷大狱所在的朱雀大街。一时间，一百五十米宽的朱雀大街上人头攒动。人们踮起脚，好奇地张望，耐心地等待。

这是贞观八年九月初四，一个史无前例的死亡之约！

没人相信囚犯们会守信用。他们来是想验证自己的猜想,是想目睹唐太宗怎样应对突然的变故。

然而出人意料,那些个囚犯很快就接踵而至地来到长安、返回朝廷大狱。他们个个昂首挺胸,人人精神抖擞。

人们目瞪口呆,不得不对他们刮目相看。

晌午到了。清点人数,已返狱三百八十九人,还差一人。戴胄急了。"怎么办呢?皇上!"他小心翼翼地问。

唐太宗浓眉一皱:"再清点一次,查查有谁未到。"

又清点人数,依然是三百八十九名,未到者正是徐福林!消息传开,不仅看热闹的民众七嘴八舌,已返狱的囚犯们也开始咆哮了:徐福林,他怎么能出尔反尔?徐福林,他胆敢欺骗皇上?徐福林,他是混蛋、孬种……

"怎么办呢?皇上!"戴胄诚惶诚恐地靠近唐太宗。人们也不约而同,把目光投向这边。

"等等吧!"唐太宗把右手一挥。

半个时辰过去,不见徐福林的踪影。人们急得如热锅上的蚂蚁。囚犯们则怒目圆睁、咬牙切齿。

"怎么办呢?皇上!"戴胄又小心谨慎,问唐太宗。

"再等等吧。"唐太宗拍了拍戴胄的肩膀。

又半个时辰过去,依然不闻徐福林的声息。人们忧心如焚。囚犯们暴跳如雷。

"怎么办呢?皇上!"戴胄怯问。

就在这时,忽然有人高喊:"来了,来了!"

"来啦!"人们循着吱嘎吱嘎的车轮声望去,还真有一辆牛车由远及近,匆匆赶来。

很快,从牛车的车篷里探出一张男人的脸。这张脸消瘦、蜡黄、病恹恹的。狱吏定睛细看,不错,此人正是徐福林!

人们长长地嘘了一口气。囚犯们的怒容也渐渐消弭。

"说说吧,怎么来晚啦?"唐太宗端详着徐福林的脸。

"返回长安的路上,我突然病倒了。幸亏中途拦住了一辆牛车,就雇了它继续赶路。"徐福林喘着粗气,"我起了个大早,本想早点返狱伏法,哪料事与愿违。唉,我有罪,罪孽深重啊。皇上!"

"不,你能抱病返狱,精神可嘉!"唐太宗向徐福林投去赞许的目光。

徐福林挣扎了一下,要奔出牛车给唐太宗下跪。唐太宗走过去扶住他:"徐福林,你别动,就在车上待着。"

"现在怎么办?皇上!"戴胄毕恭毕敬地问。

囚犯们无可奈何地低下头。他们明白,真正的死期就要到了。

"怎么办?"唐太宗把囚犯们一一打量过,突然朗声宣布:"大赦所有囚犯,让他们自由回家!"

人们惊讶得把嘴张成了大大的"O"形。囚犯们也半晌回不过神来。等终于回过神来,就见他们五体投地跪在唐太宗面前,热泪盈眶地高呼:"皇上万岁,万岁,万万岁!"

风云突变,西域叛乱。贞观十四年,唐太宗任命唐朝名将侯君集为西域远征军统帅,统领十五万铁骑远征西域。闻讯,三百九十名囚犯慷慨激昂,自愿请战。他们在侯君集的带领下,一路冲锋陷阵、英勇杀敌,最后全部血洒疆场、壮烈殉国……

西域转眼收复,大唐开始抒写拓土开疆的壮丽史诗!

(原载《百花园·小小说原创版》2010年第四期,转载于《小说选刊》2015年第九期,选入《中外经典微型小说大系》)

儿女

老太太七十七岁生日一过,老头儿就溘然长逝了。

他俩年轻时相濡以沫,年老后相互搀扶,生前的时光都沐浴在暖暖的春日里,小日子过得宁静而温馨。

如今老头儿不在了,老太太朝思暮想,心中时常涌起如潮的怀念和悲伤。

可祸不单行,未出半年,老太太又患上严重的帕金森氏综合征,生活一下不能自理了。

幸好有小儿子寸步不离地跟着她。小儿子任劳任怨、耐心细致,把老人照料得井井有条、一丝不苟。

一日三餐,小儿子总是精心安排,既充分考虑营养调剂,又尽量做到色香味俱全,努力让老人吃得爽快更有益健康。

家中卫生,那是每天小清洗,每周大扫除,始终保持明窗净几、清新典雅的居住环境。

帮老人穿衣,背老人下床,抱老人上桌,给老人喂饭菜,扶老人如厕,助老人服药,为老人洗头洗澡剪指甲,替老人按摩搓背,安抚老人睡觉……从晨曦初露到夜阑人静,每天小儿子仿佛不知疲倦,一刻不停地匀速运转。

小儿子还定时拧开音响，放放老人喜欢吟唱的《莫斯科郊外的晚上》；或者抱起琵琶，亲手弹弹老人爱听的《梁祝》。如果有时间，他也端坐在沙发上，陪老人看电视，老人要看哪个频道，他就调到哪个频道，不厌其烦，直至老人眉开眼笑。

天气晴好的日子，吃过早饭，小儿子就把老人背到户外，小心放到轮椅车上，然后推着轮椅车在小区院落里转悠，让老人一边沐浴清新的阳光，一边欣赏明丽的风景。

总之，只要是对老人好或者有益的事，小儿子做起来肯定无微不至、乐此不疲。

有时，老人恨自己吃喝拉撒甚至大小便清理都要劳累小儿子，自己简直就是个废物，心烦意乱或心疼小儿子了，也猛然撞墙，想一死了之，却总被眼明手快的小儿子及时制止，小儿子还和和气气地安慰老人，极力劝导老人开开心心地过好每一天。

"没肝没肺，你不是人！"

"装腔作势，我不要你的虚情假意！"

"我一刻也不想看到你，你给我滚出去，滚得越远越好！"

当老人故意刁难、挖苦小儿子，对他怒目而视，尖酸刻薄地吼叫，咬牙切齿地辱骂时，小儿子依然视而不见、听而不闻，依然对老人满面春风、关怀备至。老人无可奈何。

世上哪有丁点儿脾气都没有，长年累月对老人悉心呵护、从不懈怠的儿女啊！可自己的小儿子偏偏就是这样的超人！老人一方面觉得自己前世修得好，今生得了福报；另一方面也感到自己亏欠小儿子太多，实在对不起小儿子。老人的眼眶里经常有泪光闪烁。

其实，为老人尽孝，大儿子也责无旁贷，可大儿子有大儿子的难处啊。

大儿子在美国的芝加哥当教授，教中文，他事业第一，一心扑在教研上；自己又是大诗人，酷爱诗歌创作，每天都要挤时间码码字儿；中美两国遥遥万里、远隔大洋，回趟国着实不易，还要花上价格不菲的机票……

听说大儿子的感情生活也多有不顺：娶过五个老婆，先是美国的，继而韩国的，接着日本的，然后南非的，最后是法国的，娶了离，离了娶，只有美国的老婆还为他生了个儿子……

老人想起二十多年前，大儿子以他们那儿文科全市第一、全省第二的考分考上北京大学中文系时，多么光宗耀祖啊！当然，如今的大儿子已成闻名遐迩的大诗人、美国大学教授，更是为他们家族的脸面贴足了金！

只是，如果……如果大儿子也在身边，小儿子就不会孤立无援、独自操劳了。老人也想。

十年后，老太太也撒手人寰、驾鹤西去。

临终前，大儿子来电说，法国的妻子正好生了崽，他要照顾妻儿，脱不开身，就不回国为老人吊丧了。

依然只有小儿子不离不弃地守护在老人身旁，陪伴老人度过她人生最后的时光。

"谢谢你，亲爱的儿子！"老人要走时十分吃力地说，然后眼角就沁出一滴清泪。

小儿子霎时感动了，颤抖了。小儿子知道，老人的这一滴清泪，既凝结了她对大儿子的眷眷之心，也蕴含着她对自己的深深感激。尽管小儿子一直认为，他照料老人很正常，理所当然。

老人走了，小儿子依依不舍、闷闷不乐，极度的悲伤之下，也不想再活了。

办完老人的丧事，小儿子就毅然决然，选择了自杀。小儿子自杀的方式不是服毒，不是割脉，不是跳楼，也不是撞墙，而是倒地摔碎自己，并自毁电脑内的自动程序，卸下身上充电和驱动用的高能电池。小儿子不是自然人,他是机器人!

亲爱的读者,请原谅我,前面忘了说明:老人还有个女儿,成家立业后定居北京,在一家外企做高管。收入是很高,善心也好,但人太忙,忙得一塌糊涂,用她自己的话说,就是根本没时间照看老人。所以,机器人实际上是女儿花钱买来,请他照料老人并代她向老人尽孝的。

(原载台湾《青溪新文艺》总第六期,转载于《小说选刊》2018年第六期、《小小说选刊》2016年第十六期,选入《2016年中国小小说精选》)

因为母亲

他是杀人不眨眼的凶手,他的身上沾有十四个无辜生命的鲜血。

他又是狡兔三窟的罪犯,全国通缉两年多了,警方使出浑身解数,也未能将其抓获归案。

可再狠毒的男人,内心也有最柔软的地方,也有最柔软的时候。两年后,他想母亲了,通宵达旦地想!实在熬不住,竟斗胆潜回了老家。他只想见母亲一面,让母亲开开心就走。作为独生子,从小娇生惯养。但父亲过世早,他是跟着母亲长大的。

侦察员很快得到情报,并迅速向警方密报。

机不可失!警方立马实施抓捕。四名刑警从天而降,直抵他的藏匿之处。在一番周密的策划和部署之后,一个刑警小心走到他母亲的住宅前,扬起手轻轻地敲门,与此同时,另外三个刑警则机警地守候在大门边和楼道口,随时准备应对险情和组织夹击。

听到敲门声,他不动声色地来到门前。从门上的猫眼里,他窥探到了外面的动静。虽然外面的人穿着便装,但他已确定肯定是刑警无疑。

"谁呀?"他故意装得漫不经心。

"社区干部!"敲门的刑警沉着应答。

他"哦"了一声,又问:"干吗来的?"

"综治工作迎检,上门查验户口。"

"好吧,稍等一下,我穿好衣服就来开门。"他阴笑。随即返回房间,从枕头下摸出手枪,十分麻利地上足子弹,然后,悄悄把手枪藏在裤子口袋里。

当他蛇一样顺溜地滑向门边,露出狰狞面目,准备陡然开门,同时举枪射击时,他的母亲却忽然进入客厅,站在了他的身后。

"儿啊,外面来了什么人?"母亲小声询问。

"妈,查户口的。"他回头看着母亲,满头银发的母亲目光如同秋阳。他的心暖了一下。

"那你把户口本找出来,给他们看看就是。"母亲微笑着说。

"好吧!"他愣怔一下,旋即若无其事地走向房间。

待母亲蹑手蹑脚走到门边开门时,他又十分无奈地翻出户口本,大摇大摆地来到客厅。

"老妈妈,很抱歉,我们打扰您了。现在,我们要带您的儿子去社区,核实核实户口信息。您就——先休息休息吧。"敲门的刑警心平气和地安慰他的母亲。另三人则鹰一样敏锐地盯着他,一边十分迅捷地把他围住,一边机警地摸着裤袋里已经上膛的手枪。

"那好,咱们走吧?"他手举户口本,一脸的泰然自若。

临出门,他又若有所思地回头:"妈,关上门,您安心休息休息啊。"

虽然他表现得波澜不惊,四个刑警却不敢有丝毫的马虎。看似最安全的时候,往往也是最危险的前夕。这个道理,他们都懂。

直到他们终于平安地下楼,他的母亲轻轻关上房门,他服服帖帖让他们戴上手铐,仔细搜查他后没有发现凶器,他们才禁不住嘘了一口气。

这时,四个刑警都深感惊讶不解:往日比狼还凶残十倍的他,今天怎么变得像羊一样温顺了呢?

"因为,"他眼里闪烁着泪花,"我实在不愿在我的母亲面前开枪杀人,让她目睹她的儿子是何等凶残!所以……"

"所以怎样啦?"

"我又一狠心,把枪藏在枕头底下了!"

(原载《小说界》2016年第一期,转载于《小说选刊》2018年第八期)

特别赏赐

天有不测风云。这不,右骁卫大将军长孙顺德满以为其贪腐之事压根儿不会走风,哪料未出三日就传得满朝皆知。

这是贞观元年(627年)。

唐太宗闻之气恨交加:一者,当时位高权重的宰辅大臣温彦博、戴胄等人,哪个不是倾心于治国理政,以"我瘦天下肥"为荣?二者,一粒老鼠屎,搞臭一仓谷。可这粒老鼠屎,干吗偏偏就是自己的叔岳父长孙顺德?这个长孙顺德,干吗这样不守气节、不顾声誉?

满朝文武拭目以待,他们要看唐太宗如何惩处长孙顺德。

唐太宗彻夜未眠。苦思苦索一番,天亮前终于心生一计,赶紧叫中书舍人岑文本迅速拟好诏令,命五品以上在朝官员翌日全部参加早朝,谁也不得迟误。

早朝之时,文武百官各就各位,站得整整齐齐,无一不是洗耳恭听的模样。

唐太宗端坐金銮殿上,环顾文官武将,然后紧盯长孙顺德,重重地干咳两声。

"顺德公啊,受贿绢绸一事,还是你自己通报吧!"唐太宗语气温和。

长孙顺德却面如土色，浑身筛糠似的抖动。

"……这几个奴仆联手偷盗宫中财宝被我发现。他们魂飞魄散，齐刷刷地跪在地上向我求饶……说什么也要塞给我二十匹绢绸……然后……"长孙顺德嗫嚅道。

"那——各位爱卿，你们说，长孙顺德为什么要收受绢绸？"唐太宗下意识地问。

谏臣魏征脱口而答："很简单，他就是个贪官！"

"可他为什么要贪绢绸？"唐太宗追问。

"这个嘛……"魏征皱眉。

唐太宗不愠不火道："这不是和尚头上的虱子，明摆着吗？长孙顺德家里十分紧缺这玩意儿。顺德公家里紧缺它朕却不知，朕也有失察之过啊！既然这样，不如——朕再赏赐他五十匹绢绸，让他背回家去？"

"皇上，"魏征急了，"不可，万万不可啊！"

"那你说咋办？"唐太宗笑问。

"王子犯法，与庶民同罪。长孙顺德虽是大唐开国功勋，也应交大理少卿胡演查处，按《唐律》治罪！"魏征正色道。

唐太宗捂嘴而笑。

"魏爱卿可见过猫捉老鼠？"

魏征不假思索："当然！"

"猫捉到老鼠后，不是要把老鼠抛一抛、玩一玩吗。"

"这……"

"就听朕一次，这回先赏赐赏赐顺德公吧。"

唐太宗喝令："来人！"

立马有人搬来五十匹绢绸。

"顺德公啊，还得让你屈尊一下，弯腰弓背哩！"唐太宗悠然下殿,轻轻拍拍长孙顺德的肩膀。

长孙顺德的额头就开始冒汗,腰背弯曲得几乎让头叩地。

"来啊,把绢绸一匹一匹地放在顺德公的背上!"唐太宗指着长孙顺德的背。

于是,那些个绢绸就开始一匹接一匹地压向长孙顺德。

每放好一匹,唐太宗都会关心地问:"顺德公,不重吧?还能扛得住、背得起吗?"

长孙顺德羞得脸一阵红、一阵白,一阵青、一阵紫。对唐太宗赏赐的绢绸,自然是欲卸不敢,欲背不能。僵在那里,他大气不敢出,恨不得找个地缝钻进去。

目睹此景,满朝文武都忍不住窃笑,俨然在看一出诙谐、幽默而辛辣的闹剧。

早朝完,文武百官一身轻松,匆匆散去。

唐太宗欲起驾回宫,胡演却忧心如焚,紧跟在其身后。

"皇上,长孙顺德贪赃枉法,罪不可赦,您干吗反其道而行之,加倍赏赐他?"胡演小心探问。

唐太宗轻轻转身,笑道:"胡爱卿,你说,只要长孙顺德还有人性、良心未泯,那么,朕在众目睽睽之下加倍赏赐绢绸给他的羞辱,是不是会比判他下狱伏法更剜心?反过来,如果面对如此羞辱,他仍无动于衷、不知愧疚,那他不就是一介禽兽,即使杀他又有何用?"

"可是皇上,不怕一万,只怕万一。万一……"胡演忐忑不安。

"放心!"唐太宗安慰他。

胡演将信将疑。

之后,长孙顺德就像一只泄了气的皮球,很长一段时间都消沉、沮丧,不敢抬头走路。

唐太宗观之,又反其道而行之,诏令他为泽州刺史。

长孙顺德感恩不已,发誓一定改邪归正、改过自新。

果然，上任不久，他就大胆地将前任刺史张长贵、赵士达在郡内多占几十顷良田之事上报朝廷，把全力追回的田地尽数分给当地贫穷的农民。此后，他又亲自查办了泽州的几个贪官，硬是把泽州治理得道不拾遗、风清气正。老百姓都夸他是廉洁奉公的好官。

唐太宗龙颜大悦，有意召胡演进宫。

"胡爱卿，可曾听说老百姓怎样评价现在的长孙顺德？"唐太宗佯装担忧。

"都夸他是青天大老爷呢！想不到啊想不到，"胡演禁不住感叹，"能让长孙顺德发生如此大的改变，皇上，您真神！"

"真的吗？"唐太宗这才"转忧为喜"，笑道，"那也不能夸朕神，要赞就赞咱大唐政治生态清明，个别贪官根本没有立足之地呗！"

（原载《创作与评论》2015年第五期，转载于《小说选刊》2015年第五期）

其实很简单

光天化日下,一个歹徒正在抢劫,旁若无人;被抢的女人拼命抱紧自己的坤包,死活不放。

"抓强盗,抓强盗啊!"女人几乎在歇斯底里地叫喊。

大街上人来人往。有的视而不见,有的驻足远观,有的且看且退。谁也不敢制止歹徒行劫。不仅不敢制止,连呵斥一声的举动也没有;不仅不敢呵斥,就是悄悄用手机报个警也无人肯试。

沉默。好一阵可怕的沉默。

沉默过后,有个戴着眼镜、文弱书生似的小伙忽然一声怒吼,像狼一般冲向歹徒。

歹徒大惊,立即掏出一把尖刀,目眦尽裂地瞪着小伙:"狗拿耗子是吧?再不识趣老子捅了你!"

小伙愣怔一下,仍然像狼一般猛扑上去。

很快,小伙摇摇晃晃,蹲了下去,但片刻,又咬紧牙关站立起来。虽然被锋利的尖刀刺中下腹,但小伙强忍剧痛,没有倒下。他一手紧紧抓住刀柄,不让尖刀深入;一手像钳子,死死钳住歹徒的手腕不放。

女人趁机挣脱，嗷嗷大叫，挥拳砸向歹徒。

歹徒的脸红一阵白一阵，一时不知所措。

众人被小伙的英雄壮举深深感染，群情激愤，一窝蜂地扑向歹徒，七手八脚，将歹徒摁倒在地。

有人赶紧掏出手机报警。

警车风驰电掣般地赶到。

警察怒不可遏，给歹徒戴上了冰冷的手铐。

人们小心扶住小伙，请求用警车送小伙去医院。

"儿子，我的儿子！"听到小伙吃力的呻吟，人们才发现小伙的身旁还站着个小男孩。小男孩五六岁的样子，被刚才惊心动魄的一幕吓呆了。

警车一路鸣笛，将小伙送到医院。

幸亏没有刺中要害。几天后，小伙的伤情得到缓解。

有关部门要给小伙评见义勇为英雄奖，小伙所在的单位竟炸开了锅。

"他可是我们单位最胆小怕事的人啊！"

"平常谨小慎微得不敢踩死一只蚂蚁！"

"说歹徒不费吹灰之力抢劫了他我们还信。他会赤手空拳与扬着凶器的歹徒搏斗，太不可思议！"

……………

这样的议论传出，记者深感蹊跷。

"当时，那么多人鱼不动、水不跳的，你一个弱不禁风之人，何来胆量挺身而出？特别令人震惊的是，面对歹徒凶狠的尖刀，你为什么还敢奋勇向前？"记者找到病榻上的小伙，下意识地探问。

小伙犹豫一下："你是想听真话，还是……"

"当然想听真话！"

"那好，只是我的话你千万不要对外报道。"小伙的脸上飞过一朵红云。

记者认真地点头。

"当时，我的儿子憋不住拽了一下我的手，对我说：'爸，抓歹徒，抓歹徒啊！'我的儿子才六岁，还是稚气未脱的小毛孩，我堂堂一个大男人，总不能在他面前装孬种，让他都瞧不起吧？"

记者一愣："就这一点？"

"对，就这一点！"

（原载《小说界》2013年第一期，转载于《小说选刊》2013年第二期，选入《2013中国小小说年选》）

啊，太阳

班主任邵永刚预言：半年后参加高考，只要发挥正常，雨馨极有可能考上北大。退一步而言，如果考不上北大，考个"985"重点一本，绝对也是信手拈来。雨馨品学兼优，同学们时常投以深深羡慕的眼光。雨馨也憋足劲儿，心里充满星星般的憧憬。

可老天就爱捉弄人。雨馨忽然头痛、恶心、呕吐、气促、心跳加快，还出现多汗、低烧和牙龈出血症状，感觉虚弱乏力，总提不起精神。老师和同学们也发现雨馨一脸苍白、病恹恹的。

万般无奈之下，雨馨只好向学校请假，让父母送自己去医院检查。

结果犹如当头一棒：雨馨竟患上了白血病！白血病就是血癌啊，谁不谈癌色变？好在雨馨的病正处早期，只要抓紧治疗，不会危及生命。如果奇迹发生，还能治愈呢。

通过父母、医生、学校的宽慰、开导与鼓励，雨馨积极乐观，全力配合院方的化学药物治疗与中医辅助治疗，一段时间过后，病情大为好转。又坚持一段时间的治疗与调养，雨馨竟基本痊愈，可以出院了。

谢天谢地！雨馨喜出望外。恨不得插上翅膀飞回学校，立马潜心投入紧张的复习迎考。因为一个月后，同学们就要迎接期盼已久的高考，为美好的理想奋力一搏了。

雨馨更是心急如焚，痛下决心要争分夺秒，把失去的光阴夺回来，把住院治病耽误的课程火速弥补，尽早赶上甚至超过同学们的复习进度。

心中有一个金色的梦想啊！雨馨咬紧牙关，做好返校迎考的充分准备。

可夜晚一照镜子，她的心就掉进了冰窟窿，她犹豫了，痛心了：过去那瀑布似的秀发已无影无踪，如今光秃秃的像个啥啊！青春期的女孩谁不爱美？可如今——如今只能光着头上学读书，多羞，难堪死啦！雨馨在镜前颤抖。她禁不住流泪了，眼泪像珠子，一颗一颗地砸向地面。

母亲也伤心难过，悄悄将雨馨的期盼与苦恼一并告诉了邵老师。

邵老师大惊。

母亲前脚一走，他后脚就直奔教室。

"同学们，有个秀发飘飘的姑娘，因为突如其来的大病，经过长时间不间断的化疗，现在成了光头。如果她想返回你们之中，你们能不嫌弃她，并给她以关爱和鼓励吗？"邵老师深情地扫视全班，忧心忡忡地问。

同学们一怔。

"是雨馨吧？听说她受了很多的苦，是个坚强的好女孩。我们不会歧视她的！"

"前途是光明的，道路是曲折的。哲学课上，老师您教导过我们，每个人都会遭遇不幸，而友善与关爱就像太阳，能把我们人生的旅途照亮。"

"哦，对了，雨馨治病耽误的课程，我们会千方百计帮她补上！"

"请邵老师放心,同窗共读,情同手足,我们不会让您和雨馨失望,我们知道该怎么做!"

……………

同学们你一言我一语的,邵老师欣慰地笑了。

可走出教室,邵老师还是放心不下。这些涉世未深的毛孩子,他们会不会逞口舌之快?会不会表里不一?但如果连自己的学生也信不过,他又能想出什么妙法?既然没有其他选择,他也只能斗胆一试。

于是,邵老师鼓足勇气,毅然拨通了雨馨母亲的电话。

第二天,当邵老师满面春风其实内心忐忑地带领雨馨母女走进教室,他们一下愣住了:全班三十多个学生,不论男女,竟全部剃成了光头!他们友善地微笑着,教室里,掌声似春风吹拂……

"肯定是班干部杨坚他们弄的,这些鬼东西!"邵老师愉快地想。

此时,他看班上三十多个闪亮的光头,每个都像一枚鲜嫩的太阳。

而雨馨母女,也早已热泪盈眶。

(原载《当代小说》2014年2月上半月刊,转载于《小说选刊》2017年第六期,选入《2014年中国微型小说排行榜》)

孝的演绎

独生子小齐是个摄影名家,也是个大孝子。小齐常为母亲摄影,对母亲也一直体贴入微、百依百顺。

可现在,小齐却不再给母亲摄影。不摄影也罢,还故意辞退了家里的保姆。其实,保姆特别尽心尽力,做事也非常令人满意的。小齐不管,辞了保姆就把孀居的母亲接来,让母亲替代保姆照料孙子,照看宠物狗——贵宾犬灵通。小齐还让母亲给他们一家人做饭、洗衣,每天打扫家里卫生。做饭、洗衣、打扫卫生原为妻子的"功课",妻子本来做得好好的,小齐却说服妻子,要她停下来休整。

孙子还小,正是咿呀学语的年龄。儿媳上班后,孙子就成了母亲精心看护的宝贝,一般都要捧在手心,寸步不离。照看灵通的事也多,每天要给它准备水和食物,每周要给它洗澡,每晚要带它遛街,遛街后要为它洗脸洗脚洗屁股。当然,帮灵通洗澡、带它遛街是只有儿媳在家时才能做的;做饭、洗衣、打扫卫生也只有儿媳能看护孙子时方可为之。

总之,每天从清晨6点起床后到半夜11点睡觉前,这段时间,母亲都得像台高速运转的机器,手脚不停地忙,忙得腰酸背痛、气喘吁呀。

父亲走得早,母亲年轻时受过太多累,吃过不少苦,本想老了轻松轻松、享享清福的。如果不是为了儿子,如果不是儿子召唤,什么人想安排她做事她都不会动弹。她偶尔也会在心里生生气,儿子儿媳年纪轻轻的就悠然自得地当看客,把她这个老太太随意支使竟心安理得。但儿子硬要这样,她也无奈,只好听之任之、任劳任怨。

这样忙碌和劳累的日子好像苦熬了一个多世纪。

有天,儿子小齐终于开心地举起相机,示意母亲摆好POSE(造型),咔嚓咔嚓地为她照了一组生活照,还神秘兮兮地不让她看,存心把她的胃口吊得很高。

小齐悄悄地把母亲的照片发给一家有影响力的婚姻家庭类杂志社。很快,母亲的照片就登上了那家杂志的封面。杂志社还来信,请母亲做其形象大使,要儿子定期拍摄母亲的照片,发过去,供他们选登。

"妈,您的美人照都上了这家大刊的封面了,您快来瞧瞧,瞧瞧,感觉怎么样?"收到样刊后,小齐兴高采烈地把杂志举到母亲面前。

母亲一看,脸上立马有片红霞飞过:"儿子,你在捣什么鬼,把你妈这个丑老太婆照得这样美?"

"妈,不是我捣了什么鬼,而是您——"儿子得意扬扬地夸赞,"真的又变美了!"

"你呀你!"母亲点了一下小齐的鼻尖,笑笑。

第二天,小齐便把保姆请回家中,不让母亲做家务了。

"都说姑娘的心天上的云,一天十八变。儿子,你个大男人,怎么也没个定数,主意翻来覆去的?"母亲不解地问。

"是这样的。"儿子满面春风道,"妈,您爱美是不?前段时间,您忽然发胖了,胖得像只笨鹅,我知道您心里不爽,我也着急。那段时间,您不让我拍您,我当然心有灵犀。为了让您尽快减肥,尽快苗条俊俏,我想啊想,吃药和保健品不行,都有毒副作用伤身体,还是用'苦肉计'吧,让您多做事,多操劳,以此消耗体内脂肪,还可锻炼身体,增强体质……"

"哦,原来是这样,还是我儿关心我!"母亲竖起了大拇指。

小齐笑着说:"您可别偏心,这也是您儿媳妇的主意,是我俩共同商定的,您不夸夸她?"

"好,好啊!"母亲乐得不行。

这时,儿媳憋不住接过话茬儿:"妈,咱们的目标已经实现,从此,您不用再劳累了,就在我们家享清福吧!所有杂七杂八的事全交给保姆,保姆做不了的,还有我和您儿子哩!"

"那怎么行?"母亲嘟哝道,"我这一清闲下来,体内脂肪消耗不掉,身体还不一样发胖?你们难道不希望妈的形象就这样美下去?"

"这……"小齐和媳妇都愣住了。

"你们的孝顺妈心领了。"母亲调侃道,"这保姆我也当顺了,还是让我继续当下去吧。一举两得,既可为你们节省开支,又可使我一直保持苗条身材,何乐而不为?"

(原载《啄木鸟》2018年第8期,转载于《微型小说选刊·金故事》2018年第11期、《小小说选刊》2018年第19期、《小说选刊》2019年第3期)

那时

有年岁末,某小国向朝廷进贡,贡品是三个看起来没有区别的金人。皇帝很开心。

小国的使者有一请求,要朝廷三日内回答他:三个金人谁最珍贵?

中国是泱泱大国,如果被这等问题难住,岂不颜面尽失?所以,小国使者一退出,皇帝就请大臣巧匠们对三个金人进行全面而深入的鉴定。可是:称重量,三个金人没有差异;看大小,三个金人一模一样;测质地,三个金人完全相同;论工艺,三个金人难分伯仲……转眼两天过去,大臣匠人们也想不出锦囊妙计,皇帝心急如焚。

天无绝人之路。就在那时,一个已退休多年的老臣忽然要求拜见皇上。他对皇上信誓旦旦地说,如果鉴定不出三个金人谁最珍贵,他愿献上身家性命!皇上将信将疑,又无妙法可施,只好接受老臣奏请。

翌日,老臣和小国使者上朝。

众目睽睽之下,只见老臣把一根稻草轻轻插入第一个金人的左耳。群臣定睛细看,发现那稻草已从金人的右耳中穿出。他们顿觉滑稽。

老臣不动声色，又将稻草小心插入第二个金人的左耳。群臣屏息静观，又见那稻草竟从金人的口中吐出。他们忍俊不禁。

老臣也莞尔。笑过，便将稻草径直插入第三个金人的左耳。群臣拭目以待。可这次，稻草却被"吞"进金人的肚里，再也未见露出。群臣愣了。老臣举目四望，问："谁最珍贵？"鸦雀无声。老臣只好亮出答案："就是第三个金人嘛！"

小国使者颔首称是，皇上亦龙颜大悦。

小国使者退朝后，皇上有意当着群臣之面询问老臣："爱卿，你凭什么认定第三个金人最珍贵？"老臣毕恭毕敬："第一个金人左耳进的东西就会从右耳中穿出，第二个金人左耳进的东西亦很快从口中吐出，只有第三个金人——能让进入耳中的东西，牢牢封存在肚里。人生两耳一嘴，不就是要我们虚心倾听、多听少说，最好金口玉言、守口如瓶吗？"

皇上连连点头，群臣对老臣更是刮目相看。

然而那晚，老臣却做了一个噩梦：梦见大山深处，骄阳之下，有只老虎突遭一群豺狼围攻。老虎猝不及防，倒在血泊之中。老臣吓出一身冷汗。醒来，赶紧夹住尾巴，悄悄远逃。

第二天，皇上欲赏赐老臣。传令老臣进宫，方知老臣已无影无踪。

（原载《小说月刊》2021年第六期，转载于2021年6月18日《作家文摘》、《小说选刊》2021年第八期）

追车

寒冷的夜，静谧的夜，深沉的夜，漆黑的夜。

夜色里，有辆蓝色的小车在深山老林中的高速公路上行驶。前后左右看不到一辆车，似乎这段高速公路只属于这辆蓝色的小车。屏住呼吸行驶，也不知过了多久，司机终于看到前面有辆灰色的小车正与他的车同向行驶。

司机的内心顷刻间充满温暖和喜悦。

情不自禁地，蓝色小车立马加速，想尽快追上那辆灰色小车。蓦然发现蓝色小车在加速追来，灰色小车急了，也加大油门向前驶去。看见灰色小车在加速，蓝色小车心慌，又加大油门。蓝色小车一加大油门，灰色小车又进一步加速。两辆小车都不停地加速再加速，后面的一门心思要追上前面的，前面的铆足劲儿想甩开后面的。前面的车像亡命的逃犯，后面的车如追赶的警察。

不知相持了多久，终于发现前方不远处路边有个加油站。灰色小车赶紧一溜烟地驶入。象征性地加过油，灰色小车就选择在加油站的办公楼前停住，欲等后面的蓝色小车驶过加油站一段距离后再开。

殊不知蓝色小车亦发现了加油站，还看到灰色小车驶入后一直未出来。蓝色小车略一思虑,也一溜烟地开进加油站。只是蓝色小车担心灰色小车寻机开溜,不敢加油,就缓缓停在灰色小车后面。

灰色小车不走,蓝色小车便不走;蓝色小车不走,灰色小车也不走。相持一阵,还是灰色小车司机忍不住下车,壮着胆子走到蓝色小车车旁,抬手轻轻地拍了拍车门。

"兄弟,我的车有了故障,今天不走了。"他尽量柔和地提示蓝色小车司机。

蓝色小车司机把头探出车外,也一脸苦相:"真不巧,我的车也出了问题,得等到明天天亮后再想办法。"

"唉!"灰色小车司机一声长叹,无可奈何地回到车内静候。

而蓝色小车司机则摇上车窗,趴在方向盘上盯着灰色小车。

又不知相持了多久,灰色小车司机急了,还是忍不住下车,匆匆走到蓝色小车车旁,抬手轻轻地拍拍车门。

"我说兄弟,你这一路紧咬着追我,是啥意思?"他索性直截了当地问。

"路上一直没有别的车辆做伴,太孤寂,害怕!"蓝色小车司机也如实相告。

"哦,原来是这样!"灰色小车司机恍然大悟。他把手伸向蓝色小车司机,两人的手很快握在一起。

"兄弟,我想知道,"蓝色小车司机笑问,"你一路疯跑,要和我保持距离,这是干吗?"

灰色小车司机一愣,随即笑答:"也一样,担心你超车后把我甩掉。路上又没别的车做伴,太孤寂,害怕啊!"

嘴上这么说,其实,此前他是担心蓝色小车一旦追上他的车,司机会对他图谋不轨。

他轻轻摇头,微微一笑。

"走吧!"

"走！"

心里的疙瘩解开了，两辆车一路结伴，轻快地前行。

温暖的夜，萌动的夜，清澈的夜，明亮的夜。

（原载《啄木鸟》2022年第四期，转载于《小说选刊》2022年第六期、《微型小说选刊》2022年第七期）

附录

论武陵微小说中的传统文化品格

课题组人员：湖南文理学院学生（潘宁峰、郑宇、周琪、卢易环、夏思思）
指导老师：湖南文理学院汪苏

在如今这个节奏明快、步履匆匆的社会，很少有人能静下心来细细品味文学名著，然而，阅读是任何时代都不可或缺的。篇幅短、节奏快的微小说顺应时代发展，成为人们喜闻乐见的艺术形式。著名作家陈建功有言："在我们快节奏的生活里、电子传媒的发达中，微小说已经越来越显示出时代的魅力。"确实如此，微小说短小精悍的平民性使其更适应于现代社会快节奏的发展，这种天然的精炼性也更适应如今的快餐式阅读，而且其曲折的故事情节、鲜活的人物形象以及生动的现代表达也给读者带来了阅读愉悦感。武陵作家致力于用现代微小说浸润和启迪人们的心灵。他们每年都会发表一千多篇作品，在国家级期刊上发文的数量更是遥遥领先，在数量不断增多的同时，内容也在不断深入，尤其是很注重传统文化内涵的表达。"善德武陵"杯、武陵国际微小说节等活动都记录着独特的武陵文化。武陵微小说对传统文化内涵、品格的表达，提高了武陵微小说的文化品位和文化价值。

一、崇尚孝道，弘扬传统美德

自古便有"百善孝为先"一说，董永卖身葬父、王祥卧冰求鲤、朱寿昌弃官寻母等经典的孝道故事我们耳熟能详。在武陵微小说中我们可以看到很多关于孝的内容。"孝道"也自然成为武陵微小说中重点体现的传统文化品格。

孝敬父母是子女们必备的品格。在武陵作家欧湘林的作品《米老板》中，张小毛是一个以打架出名的小街上的混混，他让人憎恨的原因不仅是经常打架，还有对母亲不孝的做法。张小毛自己做假钞生意，给母亲每月一百三十元的生活费中竟然也有假钞。这样的做法让旁观者鄙视，他不知道这样的做法会让母亲心里多么悲痛。在张小毛因为买卖假钞入狱后，米老板给张小毛的母亲定期送油、送盐，还给生活费，米老板用实实在在的行动对老人行了孝道。老吾老以及人之老，对老人行孝是古往今来人们所推崇的。孝不仅是孝顺父母，还应是孝敬老人。孝是中华民族的传统美德，在中华民族伟大复兴的今天，我国大力弘扬民族优秀文化，习近平总书记在十九大报告中大力倡导孝老爱亲并且身体力行做人民的榜样行孝道。总书记用行动告诉我们，孝敬父母绝不仅仅是物质上满足他们的需求，更重要的还是精神上、情感上、心灵上、人格上对父母的一种关爱、慰藉和尊重。在王祉璎的微小说《奶奶的宝贝》中，起初老人的三个孩子对老人只提供赡养，以冷漠的态度对待老母亲。当孩子们听说老母亲有宝贝后，对母亲的态度发生了一百八十度的转变，邀请老母亲一起吃饭，嘘寒问暖，关怀备至。最后知道老母亲只有不值钱的物品后，三个孩子又回到了无情的状态。作者通过写孩子们对母亲态度的两次转变，揭露和批判了当下社会中某些对父母不孝顺的现象。不同的态度形成鲜明的对比，有力地展示孝道的缺失，引起读者反思。

戴希在《儿女》一文中创造出一个不一样的"孝子"形象。文中的"小儿子"对老太太照顾得无微不至,而远在美国的大儿子却连老人的葬礼都没有来,这样一对比,"小儿子"的孝顺不免让人为之动容,而在小说最后,"小儿子"的身份才得以显露,原来他只是女儿为老人购买的一个智能机器人。读到最后读者才恍然大悟,原来作者早就在文中埋下伏笔:"每天小儿子都像不知疲倦的机器,一刻不停地匀速运转",面对老人的故意刁难挖苦依然视而不见……世上哪有丁点儿脾气都没有,长年累月对老人悉心呵护、从不懈怠的儿女啊?当然没有,可"小儿子"可以做到,因为他是没有情感的机器人啊!如果说机器人这一身份已经让人惊讶,那最后"小儿子"的感动、颤抖,甚至在极度悲伤下选择自杀的行为则足以让人感受到灵魂的震撼。"小儿子"的孝子形象和其机器人的身份,是传统孝道和时代进步相互作用的产物,这难道不是对传统文化品格最好的现代表达吗?武陵微小说作家们正在用他们的笔呼唤中华民族传统美德"孝道"的回归。

二、常怀善德,守护社会文明

"天下为溪,常德不离",《老子》中就有如此告诫,常德地名便来源于此。常德常德,常怀善德,常德人也一直秉持"善德做人,勤廉做事"的精神品格,武陵微小说中也不乏表现善行文化的优秀作品。有道是"人之初,性本善",上善若水,传播的是水善利万物而不争的高尚品格;善卷设坛,开启的不仅是武陵乃至中华道德文化的源头。在这样一种积极向善精神的指引下,武陵微小说为武陵文化注入了新鲜血液,微小说的发展,又为武陵文化发展创造了良好的社会文化环境。

武陵作家欧湘林的《看电影的瞎女人》,篇幅不长,却道出了一位人民教师对学生最无私的爱,男人与盲女人在看电影的过程中时不时大声讨论电影剧情,引起周围学生不满,旁边的一位老师一语道破女人双目失明的原因：一次火灾中，她为抢救学生致使眼睛失明……大爱无疆，老师在学生处于危险时最勇敢的举动也是本性向善的行为。武陵农民作家伍中正在其微小说中也不止一次描绘过各种善行，例如《受伤的鸽子》一文中袁四用那双自认为的"臭手"捧起一只受伤的鸽子，并养好它，在妻子多次谩骂与要挟离婚后，袁四甚至有磨刀杀掉妻子的冲动，最后，是这只自己亲手救的鸽子唤醒内心的本性，也唤醒了妻子。文中结尾写道：是一只受伤的鸽子让他回到从前，也让女人回到从前。其实，这皆是因人性以善为本，善性救了鸽子，救了袁四，救了女人。戴希的《童心》一文写的是想靠行乞致富、伪装残疾的乞丐被单纯善良的童心打动的故事。篇幅虽短，却让读者受到心灵上的洗涤。作者前半段以父女俩的对话为主，而到最后"女儿"准备给乞丐施舍钱时，原本"双腿残疾"的乞丐却拔腿就跑，丝毫没有残疾的迹象。很显然，他听到了父女俩的对话，知道了"女儿"宁愿受骗也不想错过一丝行善的机会的单纯想法，最终被"女儿"纯洁的童心所打动。"女儿愈喊，他愈慌张，跑得愈快"，这一画面与前面乞丐"面黄肌瘦、老态龙钟、腿瘸手残、衣衫褴褛"的形象形成鲜明对比，让读者既因作者幽默的语言而被逗乐，又让读者内心深处的善良与童心产生共鸣。武陵微小说已深刻地融入武陵"善德做人，勤廉做事"的文化品牌建设中，武陵微小说也在武陵微文化的浸润下逐渐升级改造，由传统的"德孝廉"文化提升为"善德武陵文化"，以一个"善"字开头表明区域文化特质，更通俗易懂并深入人心。小善，能见出大爱无疆；微小说，能点染我们的新时代！

　　微小说在时代发展的潮流下应运而生，作为一种全新的文学形式，武陵微小说在发扬传统文化品格的历程中不断成长。之所以要发扬传统文化品格，不仅是一种传统的继承，更体现了当今社会的现实状况：传统文化品格不受重视。武陵微小说作家们将传统文化品格融入作品，为传统文化品格发扬光大做出了不懈努力。当然，武陵微小说中包含的传统文化品格绝不止本论文所说到的德、孝、廉三种,武陵微小说所包含的传统文化品格不是三言两语就能说清的,我们需要在不断的阅读中去分析阐释。武陵微小说篇幅短而道理深,语言明白却耐人寻味,这正是其值得探讨之处。积水成流,聚沙成塔,一篇微小说或许太少,与日俱增的作品囊括的文化品格却足以起到教化人的作用,其中影射的现实社会状况更值得我们深思。武陵微小说在发展与创作的过程中通过观察、探索和发掘,提炼中华传统文化中的正能量精神,运用现代人们更普及且更能接受的方式,融会贯通于现代人的生活,并不断发挥其积极意义,影响着整个社会。

武陵微小说特色论

汪苏

信息社会的高度繁荣，尤其是互联网的发展，导致文学艺术在接受层面发生了巨大变化。受数字信息时代的强烈冲击，主流文学消费者的概念逐渐消亡，新的读者更青睐于快餐式的阅读方式，这是因为大众的艺术消费在时间上过多地体现在碎片时间，他们对文本的要求更加短平快。因此，故事完整、语言通俗、节奏明快、篇幅简短的微小说成为文学消费的新宠，由边缘体裁逐渐走进主流社会。微小说创作也不再是作家忙里偷闲的妙手偶得，而逐渐成为大量主流作家专注精耕深作的肥田沃土。不仅如此，大量作家由自发转向自觉，组织各种论坛互相交流创作经验，为微小说树立旗帜、锻造风格，使其逐渐壮大成一种新时代的文化风景线。这其中，不乏各种地域特点的作家联盟，自觉地把微小说创作与地方文化结合起来，使之形成具备浓郁文化风格的文学创作思潮。就影响力而言，湖南常德武陵微小说作家群体的创作风格最为鲜明。

在湘西北文化名城常德（古称武陵郡），自觉且高产的微小说创作作家有四十余人。其中，位居"中国小小说五十强"的作家是戴希、伍中正、白旭初等赫赫有名的微小说大师，在全国有较大影响的微小说作家有欧湘林、刘绍英、夏一刀、唐静、聂鹏、彭美君、李海蠢、杨徽等。如此多的作家团结在一起，互相学习，互相影响，形成合力，逐渐引起国内外文学界的重视。而文学评论界的大量介入也使得武陵微小说真正从自发走向自觉，逐渐成为一个具备鲜明地方特色的文化品牌。近年来，武陵微小说除文化界追捧之外，也得到当地政府、作协的有力支持，大批武陵微小说作家生来就具备湖湘文化传统中的精神风貌，大量作家不仅是作家学者群体的领军人物，更是当地传媒和文化界的领袖，他们摩拳擦掌，创作之初就以湘楚文化为根基，立志把武陵微小说创建成国内最具地方文化特色的文学品牌。在产品、政策、文化底蕴和领军人物齐备的情况下，武陵微小说已经成为当代小说界继往开来的文化品牌。因此，分析和研究武陵微小说特色文化，挖掘武陵微小说背后深层次的文化积淀和社会现象，既是武陵历史文化发展赋予当代地方文化建设的题中之意，也是微小说界理论建设和文艺创作的内在诉求。笔者阅读过大量武陵微小说作品，并因研究武陵地方文化的缘由，与武陵微小说的领军作家有过深入沟通，对于武陵历史文化乃至微小说文艺创作感同身受，有着强烈的文化认同和期待。

首先，武陵微小说最鲜明的文化特色在于作品所共有的乡土情结。武陵微小说每年有千余篇作品问世，内容海阔天空无所不包，但其所共有的文化趋同则是，大量微小说都在描绘湖湘文化固有的风景明秀、纯真古朴、旖旎瑰丽的乡土田园风光。在秀丽的乡土文化氛围的慢生活下营构故事情节，展现人物命运，使微小说的故事蒙上浓浓的艺术情结。这与其他一般的微小说风格相比较是绝无仅有的，因为当代微小说文化的繁荣，从根本上来说，是信息社会发展和市场选择的结果。所以，在主流文学形态边缘化的时代背景下，微小说在很多情况下附庸和服务于大众单纯的感官刺激。因此，大量的微小说简短简洁，注重故事情节的讲述，在语言风格上平淡化口语化，以最简单直接的方式进入读者视听，最大可能地不让读者去费脑筋思考就完成消费。于是，在纯消费观念的主导下，当代微小说的大量作品要么追求猎奇的故事情节，要么强调消遣风趣的小品特色，从而变得整体娱乐化，丧失了文艺作品一贯的思想性和艺术独立性。但武陵微小说与其不同，大量的武陵作家在创作中显示出自己独特的风格，长期受到武陵文化风气的熏陶和影响，因而在创作中刻意地追求武陵文化固有的乡土情结，从而折射出强烈的文化气息。

武陵是古文化重镇，其历史文化源远流长。爱国诗人屈原在这里创造了有别于中原中庸文化的另一种文体——楚辞；陶渊明在这里开创了山水田园派诗作的先锋，将武陵人以捕鱼为业探寻桃花源的经历变成历代士人追求和谐乐土的标的和典范；延及近代，沈从文多次沿沅江而上，把独立于主流文化之外的湘乡文化带到北京胡同幽暗的灯光下，向正在全盘向西方学习的"德先生"和"赛先生"输入一个传统的保守的本土式的文艺创作蓝本。古往今来，武陵文化一直作为独立在主流之外的另一种主流而生生不息，影响和造就了一代又一代的武陵学者文人，以输出乡土文化来坚守传统的精髓并造就独特的文化风气。在主流小说式微、微小说方兴未艾之际，武陵文化借助微小说所折射出来的文化风格也一如既往地沿袭了这种湖湘文化的乡土情结。武陵作家戴希、白旭初的作品就具备沈从文遗风，以勾勒湘西北明媚秀丽的风景来反衬人物心理描写而见长，他们的微小说，惯于树立淳朴的农民形象，用慢生活下的自然景物来反衬人物内心，并通过城市化进程中城乡两种文化之间的矛盾冲突来塑造人物性格和展现人物命运，从而使文本彰显出强烈的人文气息和艺术造诣，把武陵地域文化气息展现出来。著名农民微小说作家伍中正的作品《籽言》完美地诠释了这一风格，作品描写了留守妇女籽言朴素单纯的思想和情绪，以及与在外打工精神出轨的丈夫之间忠贞的爱情。"沅有芷兮澧有兰，思公子兮未敢言"，文中细致入微的人物心理活动，通过秀丽、朴素的湘西北农村生活画卷反衬展现出来，给人扑面而来的湘西北人文气息，仿佛置身在静谧的乡野生活中，使人目睹槐花烂漫、炊烟袅袅的乡土景象，亲历农村妇女辛勤劳动、眷恋故土、思夫心切的思想情怀。武陵微小说新秀夏一刀在笔下表现的敢作敢为、敢爱敢恨的人物形象，无不展示出湘西北男人无所畏惧的精神气质。武陵微小说作品完成了微小说创作从完全附庸于市场消费到打造独立艺术典范的救赎。

其次，武陵微小说在文艺创作格调上，具备强烈的浪漫主义风格。武陵文化作为湘楚文化的核心组成部分，其孕育的浪漫主义文风由来已久，可以说武陵是中国式浪漫主义文学的摇篮。早在屈原及战国时期，武陵文化中的浪漫情愫就由楚辞完美地表现出来。屈原奇服异装，登伶舟涉江，朝发枉陼，夕宿辰阳，遍历武陵每一寸热土，将武陵地区的神话传说、民俗风情、巫觋文化和自然景观通过楚辞进行加工，并融入个人悲怆的遭遇和愤慨，使武陵文人学者浪漫主义精神异彩大放，百代留名。丰富的想象、奇异的传说，以及渗透着悲剧的主观思想，彰显了武陵文化满满的浪漫主义精神。武陵作家群在微小说创作道路上世袭了这一精神风貌，将乡土传说和奇闻逸事融入现代民生，瑰丽怪异的故事，通过夸张、反衬和白描注入微小说的叙事风格，在武陵微小说艺术性的基础上又兼具故事性和节奏感，实现了艺术性和思想性的巧妙融合。著名微小说作家戴希在微小说创作中运用的夸张手法与武陵文化的浪漫主义精神一脉相承。作品《每个人都幸福》是一篇脍炙人口的佳作。小说描述乡村老师执教一群残障儿童的奇妙经历，通过残障儿童之间相互补缺的幸福观，安慰受伤的灵魂，谱写了一曲和谐美满的心灵篇章。而作家李海蠡的倾心之作《搅》则将武陵文化的浪漫主义精神表现得恰到好处。令人思痛之余，对于文中长期处于战乱和最下层的封建妇女的处境哀叹有加，对于其身世之悲、处境之艰、遭遇之苦、思想之禁锢而产生的凄凉在读者心头搅心不已。此种微小说通过浪漫主义的手法表现悲剧的思想主题，有意境有思想有深度，匠心独运，也集中地表现了武陵文人悲天悯人的情怀。

最后，武陵微小说在文艺创作内容上以关注社会现实为最终指向。

一部伟大的作品，无论是浪漫主义风格还是现实主义手法，它的终极考量大多指向现实人生，表现他们的生活，揭示他们心灵轨迹，表现出强烈的人文关怀。

不仅如此，武陵微小说在表现现实人生之际依然体现出浓厚的人文关怀。如夏一刀的《荆轲之死》，内心依旧有对艺术的追求和梦想，有不为五斗米折腰的精神，这里有作者的寄托和理想，也是现实的真实反映。又如伍中正的《周小鱼的爱情》与夏一刀的《阿雅的爱情》，都是表现爱情这一主题，结局也相似，都是女主人公最后在爱情和现实面前选择了现实。周小鱼离开了爱她的显峰，和来村里投资的老板阮离城好上了，阿雅这个优雅的音乐教师，最后也是放弃阿水，嫁给了老板天佑。戴希的《每个人都幸福》，揭示了每个人身上都会有先天的缺陷与不足，金无足赤，人无完人。只是每个人都觉得不幸福，是因为他们没有发现自身存在的价值和意义，一旦点亮，幸福也就产生了。作者试图开出一剂良方，在失落的日子里重拾幸福的感觉。

问渠那得清如许　为有源头活水来
——《武陵优秀文学作品选》点评

郭虹

当初朱熹作《观书有感》时读的是什么书已不可考，但这位宋代的大学问家通过读书获取新知所达到的心境澄明的境界却是给后人启发与激励。此处借用这位古代的大学者的读书感想，除了表明自己阅读《武陵优秀文学作品选》的感受，更重要的是要说明该文集众作者不竭的创作灵感，是因为有汩汩而流的源头活水，既包括读书，亦包括生活。

改革开放以来，常德文化生态环境不断改善，以善德文化为核心的大桃花源文化建设取得了可喜的成绩。今年是常德文化的丰收年——继年初《常德优秀小小说选》出版之后，武陵区委宣传部、武陵区文联又推出了《武陵优秀文学作品选》。该集收录了五十一位作者的二百二十八篇作品。因为集子分诗歌、散文、小说三种题材，所以，本文将分类加以点评。

一、诗歌卷——情动于衷　而形于言

毋庸置疑，诗歌是情感的产物。《毛诗序》说："诗者，志之所之也。在心为志，发言为诗，情动于衷而形于外。"这里的

"情""志"都是指思想感情。白居易在《与元九书》中也曾说："诗者，根情、苗言、华声、实义。"他将诗歌比喻成植物，形象地说明了情感、语言、声律和意蕴对于诗歌的重要性。的确，一首好诗需要这四个要素才能达到一种意境之美。而在这四要素之中，情感尤为重要，没有这个根本，更遑论语言声律和意蕴。

该集中共收录诗歌一百一十六首，每一首都是饱含深情之作，其中既有"小我"的亲情、友情、爱情，亦有家国之大爱。其抒情手段亦有不同。

陈小玲的《你要一个不少地还我》，这首诗放在开篇除了作者姓氏的原因之外，仔细品味，还真有其合理性。这首诗既模糊又明晰，究竟是爱情、友情还是其他，不能很确定，主题却又明朗：物质的可以买回来，但精神的没法弥补，所以不得不计较。善于思索的戴希常常在平凡的事物中发现深刻的哲理，他的《凝视》《一个人的生存状态》《伞》和《钓鱼》，都是饱含哲理之作，尤其《凝视》，极富画面感。生命如夏花般美丽而短暂，最后都将如石头般冰冷坚硬，感慨深沉，蕴理深刻。熊刚在《与石榴对话》中，从石榴由青涩和成熟的色彩变化发现了两种人生不同的况味，最后得出"最亲近你的人也是伤害你的人"的感慨，水到渠成。邓朝晖长于叙事与抒情，并将二者巧妙融合，她的《安居》，抒写对于时光流逝的感慨，对于"安居"的现状，心已宽恕，又有不甘，这种心态颇具人类共通性。还有《一个人》中那些"寻找"的辛苦，《尘世之外》中那些莫可名状的忧伤都写得很细腻，很动人。从《远去的补碗人》和《农民兄弟》可见冯文正内心深处的平民情结，没有深刻的体验，做不到如此体察入微。龚道国的《祖国，我看见你》，这首诗书写的是一种大爱的情怀。我们无时无刻不在寻找，很多美好就遗落在寻找的途中。我们天天高唱爱国之歌，却不知如何去爱。诗歌通过麦子、油菜、水稻、桂花等具体物象告诉我们：祖国不是一个空泛的概念，爱祖国就从爱家园开始,从爱生活出发。而胡诗词的《故园》则是一首清新的田园牧歌,其中蕴含着对宁静生活的向往之情。

黄修林的《流浪》,写出了现代人无法逃避的流浪的宿命,也是人类共同的宿命。他的《汨罗吊古》,借屈原几遭流放,投身汨罗的史实,落脚点却在歌颂花开如月、五谷丰登、千舟竞渡、珠白酒黄、畅赋新词的新时代,两首诗构思都非常巧妙。罗鹿鸣的《两地桃源一处相思》很能让人想起"一种相思两处闲愁"的诗句。但此诗并非写爱情,而是用两岸相同的地名"桃源"为诗歌触媒。尤其是诗歌最后一小节将情感推向高潮,抒发了家国难圆、骨肉分离的民族之痛。

麦芒,这位20世纪80年代初毕业于北京大学的才子,虽然站在美国大学的讲台,但那颗心似乎一直未能找到安放之所。他的《我扼腕叹嗟,面对喜鹊……》,面对一只报喜的鸟儿,诗人嗟叹命运的无可把握。寓理于情,情理相生。在这群诗人中间,麦芒是独特的,他的笔下也有温馨的田园:枯萎的金黄色的向日葵、盛开的粉红木槿,还有绿的叶、蝉声、鸟鸣……但心却在远方,于是不断地鼓励自己:开阔些,坚韧些,因为还未到寻根的时候。谈雅丽很善于用一些清雅的诗句,勾勒一幅幅风情画。她的《给我一座临水古镇》,有如水墨点染,意象清丽,澄澈静美。唐静的《红叶》里的那份婉约的心事,精致一如其人。读《枉人歌》《薰衣草花田》《沙棘》,怎么也不能和唐益红这位瘦弱的女子联系起来,她的诗风可以用她《沙棘》中的三个词来形容:耀眼、真实、尖厉。艳丽的桃花、火焰般的阳光、飞奔的马蹄、尖厉的呼喊,这种尖厉还表现在语言的速度和力度上。杨徽的笔总是满含情感,所以用"一切景语皆情语"来评价她的散文诗最恰切。

在这群诗人中,除了麦芒,资格比较老的要数雅捷了。她最早的诗集是1996年由广西民族出版社出版的《赶路人》,还记得集子中有一首构思非常精巧的小诗《梦》。这位勤奋的诗人在2004年先后出版了《折扇》和《第三只眼的歌》。雅捷长于从生活中提炼诗意，读她的《妈妈的新衣》《我是短信，你是电话》《下雪了》和《幸福的滋味》，有时真弄不清是她诗化了生活还是生活本来如诗。她的《男不男女不女》也很有味道，通过描写当今典型的几类女性形象，抨击变态的社会，入木三分，却又无怨无怒甚至有些淡泊，这是诗人自我风神的写照，字里行间透露出夹缝中生存的无奈。从日常生活提炼诗意的还有涂林立的《外婆》和熊刚的《母亲的菜篮子》。

谢溟认为："景乃诗之媒，情乃诗之胚，合而为诗。"（《四溟诗话》）周碧华面对今日的洞庭，眼前之景触发心中之情。他的《忧伤的洞庭》是一首蕴藉深沉的佳作。是谁将一碧如洗的洞庭摔得支离破碎？是谁掠夺了鱼的家园？是谁将那一望无际的光芒点点收藏？随着思索的深入，追问也步步紧逼，最后直达人类终极关怀与拷问。余志权在《城市已无收获可盼》中，突出了现代城市人的焦虑与不安，对比强烈。在众多的现代诗、散文诗中，还有一首形式独特的律诗，即铁明东的《曲阜行》，这也是一首借景抒情格调高昂之作。

多数论者认为当今没有好诗，这种看法不是没有道理，但又难免偏颇。第一，中国素有诗国之称，文学史上有几次诗歌创作的巅峰，实难超越。第二，由于欣赏和评论者的个体差异，包括学识素养、年龄气质、品评角度等等，所以标准难以一致。当然还有诸多原因，此处不一一分析。

我所认为的好诗，就是生命饱满、情感真挚、蕴义深刻、语言清新、神韵飘举的诗作，因此，在我眼里，集子中所收皆为佳作。

二、散文卷——随物赋形　不拘一格

散文的概念可以从古代、现代和当代去认识。古代散文是与韵文骈文相对而言，即指不押韵和句法不整齐的文章，是广义散文。现代散文指除小说、诗歌、戏剧之外的文章。当代散文是一种从题材内容到表现形式都相当自由的文体，它题材广阔，大到战争风云，高山大川；小到一缕思绪，一花一草。它巧于营构，形式自由，随笔、杂感、写景、叙事，随物赋形，手法灵活，语言优美，篇幅短小。该集散文卷收录了22位作者的散文作品54篇。这些作品记述了在良好的常德文化生态环境之下我们曾经的生命体验，抒写了我们曾经的情感波动，也比较集中地反映了常德的历史文化、现实风貌、山川风物以及风土人情，笔法不拘一格，其中不乏有深度有力度的作品。

彭其芳的《情寄招屈亭》通过对招屈亭及其环境的描写，书写怀古之幽情，感叹人世的沧桑巨变，语言简练，感慨深沉。毛欣法的抒情系列散文《心系宝峰湖》《准噶尔晨曲》以及《长河落日圆》，写的虽是不同的景致，但情景交融所达到的一份境界却是令人神往。戴希的《一堂刻骨铭心的解剖课》步步为营，结论自然彰显，是小说家的当行本色。谈雅丽的《沅水的第三条河岸》，由一条沅水牵出久远的历史，牵出了善卷、屈原、刘禹锡这些丰富了常德历史文化的人物。刘绍英的澧水系列，细节生动传神，她的《点马灯的日子》和《打赤脚的日子》，将人带到了那段宁静的岁月。而《捕生》更是通过日常生活的描写，将笔触探至母性柔软的心灵，感人肺腑。唐静的笔调一如既往，《十七岁的单车》抒写的即是岁月流逝、青春不再的淡淡感伤情怀。海蠢本名李晓海，这是一位历史文化底蕴非常深厚、思维异常活跃的作者，且兼工书画，曾创作反映常德史前社会生活和辛亥革命烈士蒋翊武生平事迹的电影剧本《太阳城》和《蒋翊武》。他的《外婆的"警报袋"》，通过对"警报袋"其名由来的考证，带出一片抗战的历史烟云，既有历史的深度又有现实的亲切感。胡秋菊的随笔《穿过岁月的烟云》，由燕太子丹悲情的一生引出一段精彩的议论，由个别上升到一般，名写历史，实警今人，颇具深度。冯明亮的《怡情桃花溪》和张文刚的《栀子花》都属于情感浓郁的小品文，语言精练，小而可品，怡人性情。而诸柏林笔下的故乡、祖父、古枫、血土以及青毛牯,则是一片鲜活的生命的场,发散着原生态的旺盛活力。平凡的生活,泛着健康而自然的底色,饱满生动。在周碧华眼里,有很多时候很多东西都要换个角度来看,比如刘禹锡,他的坎坷的经历玉成了他在文学史上的成就,这就是《幸福的流放》所要表现的——失之东隅,收之桑榆。

黄修林的三篇散文,一篇写景抒情(《澧阳平原》),格调粗犷;一篇因事缘情(《养花》),笔触细腻;一篇杂感(《文学与文化》),颇显文气。随物赋形,写景叙事,抒情议论,皆见功力。周晖的《渔樵村赏荷》,将前人咏荷的诗句引入文中,意境古雅,格调清新。杨徽的《打糍粑》,将打糍粑的民俗写得喜气洋洋。其中有对如水时光的感慨,有对辛勤劳作的回忆,更有丰收的喜悦和对未来的憧憬与祝福。曹先辉的《常德水文化》与《落路口》两篇,笔墨洗练,极富特色,小地方却有着极为丰富的历史文化内涵。

窃以为,散文源自人的生命的律动,应予人以生命的深层感动,予人以心魂的震撼。散文须心灵开阔、精神超拔、情思饱满、气韵生动。散文必须有"我",有"我"的情感,"我"的体验,但这里的自我,不是缘于身边琐事、儿女情长、囿于一己之私的小我,而是有着深刻的生命体验、深入自我灵魂的深处,体现出作者灵魂的渴望和追求,进而反映出作者对国家和民族命运的思考,折射出时代的风貌。这一点,这些散文做到了。

三、小说卷——见微知著　言近旨远

近几年,常德的小说创作迅速崛起,不仅有陶少鸿《花枝乱颤》和《大地芬芳》那样的宏大叙事之作,还有白旭初、戴希、伍中正这样的小小说作家跻身于全国小小说50强。该优秀作品集共收录33位小说作者的58篇小说。除了一个短篇之外,其余都是小小说。就

是这个短篇字数也只略超2000字，因此就篇幅而言，都是小制作，但就其内蕴来看，则可称作大担当，正所谓一滴水能折射太阳的光辉。

作为首篇，白旭初的《农民父亲》，通过在城里当领导的儿子带人帮乡下父亲收割稻子的叙述，反映的不仅是代沟，也是城乡的鸿沟，更有传统与现代的矛盾冲突。他的《反响》笔锋直指新闻的务虚性。而《寄钱》，表面上似乎是母亲需要儿子寄生活费也就是寄钱，实则表现了当今的老人对亲情的深层渴望，在父母眼中，钱，只是亲情的载体。

王军杰的《女婿之间》在情节安排上很见功力。一个高高在上、自以为是的记者怎么也想不到要采访的技术革新能手就是平日里自己当小工使唤的连襟，人物关系设置很巧妙，很有余味。伍中正的《向果》，则用散文诗一般的形式，诗歌的语言，将真善美、假恶丑对立起来，既具语言的美感，又有警醒的力度。

戴希是一个善于思考的作家，他的《请进包房》则是表现中西文化差异带来的尴尬。《每个人都幸福》，叙述的是苏老师与一群有生理缺陷的学生围绕着"我不幸福""怎样才幸福"这两个问题的对话，通过苏老师睿智的启发，最后得出不幸只有一点点，幸福却有那么多，所以"每个人都幸福"的结论。作者通过一个很浅显的故事，揭示生活中晦暗不明的现象和生命的超越性意义，严肃地破解了人生之谜。戴希还善于在时代进程中发现问题。集子中收录的《死亡之约》，取材于历史，却警醒着世人。

杨徽善于运用对比手法来写人，《不缺钱》中作者简笔勾勒了导游小姐和画家两个人物形象，并用对比手法突出表现了两种不同的人格，引人思考。

胡秋菊的《拯救》，通过描写一个孩子的心灵疾病，折射出存在于部分当代家庭的一些问题。两篇作品，取材都很小，却具有深远的时代意义。

少鸿的《穿错鞋》，通过丈夫醉酒穿错鞋而导致离婚的故事，揭示了细节决定命运的生活哲理。李永芹的《擦鞋匠》，叙述的是"我"和一个擦鞋匠打交道的故事，揭示了生活中的许多平衡就是靠不平衡来维持的道理。真可谓言近而旨远。这世上没有绝对的平衡，只要心态平衡了，就没有不平之事，在平凡中蕴含深刻的人生哲理。

让人惊异的是，在小说卷中，居然有人远袭小小说志怪的传统，以达到对现实作变形反映的目的。读者看这样的风景，就如看哈哈镜一般。

海蠡的《野人》即是该集中这一类的代表作。和他的散文《外婆的"警报袋"》不同，《野人》中作者假借邑人赵某与好事之富翁敷衍成文。作品用文言文的形式表现今人之事，篇幅短小而内涵丰富。这个故事对当今一些媒体的胡乱炒作、某些有钱人的炫富行为以及赵某之流的愚蠢的执着，都有很深的讽刺。作者虚构一个怪诞的故事以影射现实的荒谬。

记得钟嵘曾在他的《诗品序》中说："若乃春风春鸟，秋月秋蝉，夏云署雨，冬月祁寒，斯四候之感诸诗者也。嘉会寄之以亲，离群托诗以怨。至于楚臣去境，汉妾辞宫，或骨横朔野，魂逐飞蓬；或负戈外戍，杀气雄边，塞客衣单，孀闺泪尽，或士有解佩出朝，一去忘返；女有扬蛾入宠，再盼倾国；凡斯种种，感荡心灵，非陈诗何以展其义？非长歌何以骋其情？"钟嵘阐述的是诗歌产生的根源，其实，散文、小说又何尝不是如此呢？只要有一颗敏感的心，就能捕捉到由四季更替带来的景物的变化及由此产生的人的心灵的变化，捕捉到人世间的悲欢离合，捕捉到时代发展带来的沧桑巨变。"渠清如许"，是因为有"源头活水"。

我是幸运的，于第一时间欣赏到这么多优秀的作品，只是作品太丰富，又文类繁多，风格各异，虽通读数遍，反复品味，却是无法一一点评,是一憾,无论是对作者、读者还是我本人;作者是幸运的,生而逢时,又在常德这块风水宝地;常德是幸运的,她不仅自然条件得天独厚,而且进入了一个改革开放发展的新时代,还拥有这么多深爱这片土地的作者。

庐山面目纵横看
——写在《武陵小小说经典》（汉英对照）出版之际

郭虹

小小说即微型小说这一名称在我国虽是近几十年才出现的，但这种篇幅短小，有一定的环境展示，通过比较单纯的故事情节、比较鲜明的人物形象塑造来反映社会生活的文学样式，则是古已有之。甚至可以说，在中国，小说这门艺术产生之初就是篇幅短小的，而后才有中篇、长篇。在唐宋以前，正如鲁迅在《中国小说史略》中引用桓谭之语所说，这些小说多系"残丛小语，近取譬喻，以作短书"。唐宋以后，这种文学样式逐渐由粗疏简略走向凝练精悍。到清代，诞生了《聊斋志异》这样杰出的短篇小说集。《聊斋志异》共收四百多篇作品，其中不少篇目不足千字，有的短至一二百字。但是，由于作者自觉地将记述怪异与现实批判、抒情言志结合在一起，以此抨击时政腐败、揭露社会痼疾、表现美好理想，使得蒲松龄与曹雪芹、吴敬梓这些长篇巨匠一起，同为我国文学史上的灿烂明星。至"崇白话而废文言"的中国现代文学，伴随着大量短篇、中篇、长篇小说的问世，也诞生了不少微型小说。五四新文学运动时期，鲁迅、郭沫若、冰心、叶圣陶等，都创作过微型小说。二十世纪三四十年代，在左翼文艺运动和抗日战争中，一些进步报刊亦有短小说的提倡和实践；到了五六十年代，更有"一鸣惊人的小小说"的一时兴起。

在国外，篇幅短小的小说也是早已有之。阿·托尔斯泰在《什么是小小说》一文中指出："小小说产生于中世纪……是文艺复兴和资产阶级革命的第一批小鸟。文艺复兴时代的小说家赋予这种笑话以文学的形式。十七世纪又把生活及政治的热血灌入了小小说。它还造成了十八世纪戏剧创作百花争妍的繁荣局面。"十九、二十世纪的不少作家，在小说领域创作长篇、中篇、短篇的同时，也奉献出一些微型小说。其中有歌德、雨果、梅里美、爱伦·坡、屠格涅夫、列夫·托尔斯泰、马克·吐温、左拉等著名作家。卡夫卡、海明威、辛格、伯尔、欧·亨利和匈牙利的厄尔凯尼与我国的蒲松龄一样，皆有著名的短篇小说作品流传于世。他们的作品有不少属于以最小的篇幅容纳最多内容的微型小说，并成为传世之作。星新一更是当代最具影响力的微型小说专家、名家，被称为"日本超短篇小说之神"。

综上所述，微型小说可谓源远流长，但因为中国古代文学的文体分类一直比较模糊，直至唐传奇的出现才渐渐明确。至现当代，小小说也一直归属于短篇小说。随着改革开放，经济腾飞，人们生活节奏加快，读者有了"速效刺激"的审美诉求，而小小说的作者大多是从事各行各业的业余作者，他们勤奋但没有大块的时间来营构鸿篇巨制，正所谓"残丛小语"是也。从文学自身的发展来说，新时期首先迎来的是短篇小说的潮头，而后才向两极延伸，一方面短篇小说的篇幅越拉越长，向中篇发展；另一方面一些短篇小说作者追求短小精炼，于是，小小说渐渐走向成熟并独立出来，与长篇、中篇、短篇一起组成了小说的"四大家族"。

时代发展至今，小小说以其产量和品质确立了自己的地位，加上众多出版社的助力，更有评论家推介作者、品评佳作、总结经验、探索出路，使得小小说创作不仅出现了新中国成立以来最繁荣的局面，而且还大有与其他家族成员争锋之势。

随着改革开放的不断深入，常德经济和文化建设呈现出空前的繁荣景象。近年来，由于政府的大力倡导扶持，又有诗歌散文作者不断加入，常德小小说创作已经达到一个前所未有的高度。2009年，常德有白旭初、戴希、伍中正三位作家的作品入选《中国小小说五十强》。《小小说选刊》主编杨晓敏先生评价说："常德已成为中国小小说的重镇。"事实证明，此言不谬。自2011年初推出《常德优秀小小说选》之后，常德小小说的影响不断扩大，先有全国小小说年度选本湖南入选十三篇，其中常德有六篇，占湖南的约二分之一；后有《21世纪中国最佳小小说2000—2011》问世，湖南入选十二篇，其中常德有四篇，占湖南的三分之一。下半年又有喜讯传来：白旭初的《我为你作证》、戴希的《想听听你的声音》、伍中正的《倾听桃花开放的声音》三部小小说集同被美国国会图书馆、哈佛大学燕京图书馆和耶鲁大学东亚图书馆收藏。而武陵区则是常德市政治、经济、文化的中心。武陵区也集中了常德市绝大部分优秀的小小说作家。实际上，武陵区就是中国小小说的重镇。为了尽快推出常德小小说品牌，推动常德小小说更快地走向世界，2012年年初，武陵区委书记、区长亲自挂帅，隆重推出《武陵小小说经典》（汉英对照），给常德文化建设再添一道亮丽的风景。

本文将把这一道风景放在古今中外小小说发展的大背景下，转换角度，纵向领略其对中国小小说传统的一脉相承与创新，横向欣赏其与世界小小说创作的异曲同工，在纵横考察过程中探索常德乃至中国小小说创作与发展的出路。

一、这是一道写实的风景

微型小说，因其来源于"街谈巷语"，所以，它与生俱来就有贴近生活的优势。从乐牛主编的《中国古代微型小说鉴赏辞典》所收篇目来看，我国古代微型小说写实与志怪难分强弱。其中写实一类不仅有生动的细节，更通过环境的描写和人物形象的刻画来反映现实生活。比如《世说新语》中就有《孔文举应对》《周处自新》《何充正言》等脍炙人口的小小说。尤其《何充正言》，作者截取生活中的一个场面，通过人物对话和神态描写，短短几十字，就神情毕肖地塑造了一位不畏权贵、刚直不阿的人物形象。

此所谓写实，主要指小小说的题材选择和主题提炼不仅忠实地反映现实，更要有对生活的切肤感受和深刻洞察，以引起读者对现实的思考和美学判断。与之相应的当然是创作风格的质朴，最大限度保持生活的气息和泥土芬芳以及描写对象的本相、原色。因此，写实，必然使小小说具有较高的认识价值和审美意义。

欧湘林的《红嘴儿》反映的是一支小小的口红改变姑娘们的面貌进而改变山里人的传统观念的思想主旨，小题材承载大主题。就作品的写实性带给我们的认识价值而言，刘绍英的《渔鼓》和《三棒鼓》不能不提。这位在澧水河边长大的女子，性格中既有大河的豪气，又有似水的柔情。集子中的《渔鼓》《三棒鼓》可视为姊妹篇。渔鼓和三棒鼓是流传于湘西北沅澧流域一带的民间曲艺形式，因为缺少文化生活，而民间艺人说唱的又是武松打虎、梁山伯与祝英台等颇带传奇色彩的故事，所以每逢农闲时节、传统节日抑或红白喜事，就会有渔鼓、三棒鼓艺人的表演。正是他们，那些英雄的传奇才得以流传，也正是他们，向一些无知的心灵开启了一扇扇通往智慧的窗口。可是，那种闲坐听书的日子已经被时代的车轮永远地载走了。时至今日，作古的不仅只有刘老倌，还有渔鼓和三棒鼓，还有那种田园牧歌式的乡村生活，正如苍凉的不仅是长哥的声音，还有作者的内心。这两篇作品的可贵之处在于，作者对当代生活、对时代精神所做的历史的观照。一个新事物的出现，必然以一种旧事物的消亡为代价，这就是新旧交替的规律。但是物质生活如此多彩的今天，人们为什么还要对过去的岁月念念不忘呢？这不是"怀旧"二字承载得了的，因为失去的不仅是时光，更重要的是宝贵的历史文化财富。

就其写实性而言，集子中还有一类是带有明显批判意味的。比如戴希的《羊吃什么》，一个养羊专业户成功了，但相关或不相关的部门纷纷前来，弄得户主啼笑皆非。现实中我们可以找到与之类似的现象、类似的人物，但作者并非只是呈现现实的风貌，而是要让人们涩涩地笑过之后深深地思考。

写实性还表现在作者对当代人心理的深刻呈现。一个社会的变革，必然带给人们心灵的震荡，这些自然也逃不过目光敏锐的作者的眼睛。白旭初的《夫妻舞伴》，准确地把握了当今家庭中一些夫妻貌合神离的状态，语言质朴，而意味深长。白旭初最擅长客观地叙述，似乎不带任何感情色彩，却能给读者以余韵，启发读者思考，读他的《防盗网》就是这种感觉。伍中正的《紫桐》《周小鱼的爱情》和刘绍英的《苇叶青青》亦然，都是感叹纯真时代的逝去。而杨徽则善于运用对比来写人，他的《不缺钱》和《愧疚》，两篇都是用对比手法表现人格的作品。《不缺钱》中的导游小姐和画家，《愧疚》里的山里人和"我"形成强烈对照。尤其是《愧疚》在城里人的漠然和山里人的热情、城里人的随性和山里人的认真、苗家女的清纯坦然和"我"的愧疚的对比中，真实地反映了当代城里人情感、心理状态。令人欣慰的是，作品中的这个城里人"我"的心灵尚未完全被现代文明钝化，所以当我得知苗家老太太至死也没盼到我给拍的全家福照片之时，"我夜不能眠"；当面对苗家女清纯坦然的眼神之时，"我没有勇气抬头"；当苗家女蹦跳着走远之后，我的心因为愧疚而沉重起来。可是愧疚归愧疚，沉重归沉重，"我"既没有承认错误的勇气，也没有改正错误的行动。作品的可贵之处在于揭示了当代城里人情感、心理的矛盾，从某一层面触到了城里人痛苦的根源。

正如鲁迅所说："创作则可以缀合、抒写，只要逼真，不必实有其事也。"（《怎么写》）他又说，虽"不必是曾有的事实，但必须是会有的实情"（《什么是讽刺》）。因此，小小说的写实，无非是指曾经发生过的或者按事物的发展逻辑可能发生的实事，即艺术的真实。白旭初的《寄钱》，表面上似乎是母亲需要儿子寄生活费也就是寄钱，实则表现了当今的老人对亲情的深层渴望。在父母眼中，钱，只是亲情的载体。胡秋菊的《拯救》，通过一个孩子的心灵疾病，折射出当代家庭以及社会的疾病。两篇作品，取材都很小，却具有深远的时代意义。彭其芳的《擦鞋女》以第一人称的口吻叙述，给人一种亲历感，也增强了其真实性，更折射出当代人的心理问题。关注当代人心理问题的还有王军杰的《女婿之间》，当然，王军杰的《女婿之间》意蕴更丰富些。而戴希的《请进包房》则是表现中西文化差异带来的尴尬，也是对当今国人素质的严肃思考。汤金泉的《望子成龙》通过一个农村青年成长的经历，折射出时代的变迁。因此，写实会给作品打上鲜明的时代烙印，赋予小小说突出的当代性品格。

在国外，小小说的写实之风更盛。就《世界微型小说经典》所收篇目来看，除极少数故事带有传奇色彩之外，大多倾向于写实，且取材十分广泛。比如《德军剩下的东西》（作者哈巴特·霍利）选取微型小说难以承载的重大题材，意在揭示战争带给人们的心灵创伤。题目颇耐咀嚼，"德军剩下来的东西"，剩下来的是什么？——是千疮百孔面目全非的家园，是家破人亡妻离子散的悲哀……全文没有战后破败凄凉景象的渲染，没有一字涉及战争的惨烈血腥，只选取战后两人相遇的场面，从"她"的变化的角度，极其深刻地揭示了战争留给人们心灵的创伤。在不足200字的篇幅中经营如此重大的题材，收到了"窥一斑而见全豹"的效果。

国外的小小说也反映关于伦理道德方面的问题。比如印尼作家白放情的《窗里窗外》，叙述的是一对小男孩到对方家里做客而意外地发现父亲家外有家的故事，作者并没有站出来发表感慨或议论，但从小明惊异、怯怯的神情则可想见这件事对孩子心灵的伤害之深。

以小题材承载深刻主题的作品有一个共同特点，就是耐人咀嚼，启人思考，有回味。比如美国著名作家海明威的《雨中的猫》，这篇作品是海明威"冰山原则"的最好实践。作品极大地省略了对人物思想感情的主观描写，用精炼的白描手法准确地刻画出人物的对话和动作，从这些言行中读者可以凭借经验推测人物的思想与情感。

二、这是一道饱含哲理的风景

　　微型小说产生之初就有"近取譬喻"的作用，可见其哲理性也是与生俱来的特质。如为读者熟知的《东郭先生和狼》、欧阳修的《卖油翁》等就属于这一类。《中国古代趣闻百则》里收录的几乎都是富含哲理的小故事，比如煮雁烹雁、掩黑显白、送高帽等，这一类作品往往带有寓言的色彩。

　　时代发展至今，面对人类宏大的精神世界，哲学家也感到困惑。因为在科学技术时代，理想主义激情已失却鼓舞人心的魅力，而且科技思维模式已经浸渍了哲学及其他人文科学，人们开始将人的任何一种状况加以量化，包括生活的质。比如幸福，人们试图将其量化为住什么房子、开什么车子、拥有多少金钱或者做到什么级别的官位。但当时人正在把幸福分解为许多要素，而又试图计算这些要素的质之时，戴希却在严肃地思考这个浅显而又深奥的问题，并通过《每个人都幸福》提出了自己的看法和见解。《每个人都幸福》，叙述的是苏老师与一群有生理缺陷的学生围绕着"我不幸福""怎样才幸福"这两个问题的对话，通过苏老师睿智的启发，最后得出不幸只有一点点，幸福却有那么多，所以"每个人都幸福"的结论。这一人生哲理不仅为这群特殊的孩子打开了通往幸福的大门，也向世人开启了一扇可以欣赏清风明月的窗子。生活在纷繁复杂的现代社会，人们无可选择地永远告别了田园牧歌式的单纯，常常庸人自扰地为芝麻小事而纠结，甚至事事追求完美，殊不知残缺才是完美的，正像无与伦比的断臂维纳斯。因此，忽视已经拥有的美好，那才是最大的不幸。作者通过一个很浅显的故事，揭示生活中晦暗不明的现象和生命的超越性意义，严肃地破解了人生之谜。作者的意图不外乎通过那些追问、那些感悟，发人深省，并借以表达善良而美好的愿望：每个人都幸福。正如《别林斯基论文学》中所说："我们时代的艺术应该是在当代意识的优美的形象中，表现或体现当代对于生活的意义和目的、对于人类前途、对于生存的永恒真理的见解。"戴希善于在时代进程中发现问题。集子中收录的《死亡之约》，取材于历史，却警醒着世人。所谓"死亡之约"，说的是唐太宗李世民和朝廷关押的死刑犯的约定：李世民在贞观七年腊月初八，准许在押的三百九十名死刑犯不受任何约束地回家看望他们的妻儿老母，并约好来年即贞观八年九月初四主动返回朝廷大狱伏法。而罪犯们居然没有一个爽约，李世民被罪犯们的诚信感动，当即宣布赦免所有囚犯。故事到这里，"以诚心换取诚心"的主题已经很鲜明了。但作者则更深一层，在史料的基础上做了大胆的想象和加工，使结尾在前一主题的基础上升华到了"以诚心换忠心"的高度。

其实在一篇小小说中传达一定的人生哲理并不难，难的是如何在有限的篇幅中超越形象与理念简单粘贴的寓言层次，使作品在充分而细腻地表现现实的色彩、声息以及种种微妙的心灵颤动、矛盾纠葛的同时蕴含一定的人生哲理，做到形象饱满，理性坚实。这种哲理性，某种程度上可以弥补小小说因为格局纤小而带来的底蕴不足的缺憾。

在国外这样的小小说也不鲜见，屠格涅夫、泰戈尔等著名作家的很多作品都是寓理于形、情理相生之作。收入《世界小小说经典》中的很多作品都具有深刻的哲理性。比如《坐》（作者H.E.弗朗西斯），这篇著名的小小说叙述一对男女无论风霜雨雪，几年如一日地坐在一个人的家门口，主人无论用什么办法都不能把他们赶走，终于等到主人去世，他们如愿以偿地得到了那栋房子，因而惹人纷纷效仿的故事。该作品有很深的内涵,也颇具喜剧意味。通读完整个文本,看得出作者深受海明威"冰山原则"的影响。作品通篇没有任何一个地方表明作者的意图或情感倾向,也没有任何暗示能够帮助我们对文中所提供的人物和事件进行评判,作者只是用"零度情感"描绘本真的生活画面而已。其实,作者越不介入,读者往往越想自己去品味、思考和判断。

三、这是一道富有诗意的风景

罗丹告诉我们:"生活中并不缺少美,而是缺少发现美的眼睛。"(《罗丹艺术论》)这里所谓美,就是生活中富有诗意的部分。此所谓诗意包含两层:一是语言的节奏韵律及词语组合的华美,具有诗的表现形式;二是指内在情感意蕴具有诗的质素。而能将二者融合并生动地呈现于读者面前才能称得上真正的富有诗意。从某种角度而言,生命的意义在于生命的诗化。只有通过体验、回忆、想象,生命才能诗意地存在,才能与本真对话,才能走向审美的人生,这是生命美学的意义所在。

兼工散文的伍中正最擅长用诗歌的短句及分行的形式,使他的小小说具有诗歌跳跃的节奏和韵律,营造小小说的诗意氛围。

读里尔克《小园中》,一样会有浓郁的诗意扑面而来:露西夫人家别墅前的小花园、年轻而哀愁的金发夫人、黄昏时锦缎般绚丽的天空、散发着沁人心肺的芬芳的丁香……色彩明丽而又柔和且富于变化。这位奥地利著名诗人用诗的语言营造出这篇小小说优美的意境,抒写了一位诗人的浪漫情怀。正因如此,这篇描写男女感情出轨的作品才成为经典。

说到微型小说的诗意,也不是现代或外国微型小说才有。在我国古代,曾有一位诗人充分展开他想象的翅膀,并用他饱含诗情的笔为我们描绘过一幅和谐社会里人们自由自在自得的生活图景,至今,这幅图景仍让我们憧憬与追求——那就是陶渊明和他的《桃花源记》。所以德国诗人荷尔德林和哲学家海德格尔提出的"诗意的栖居",不仅是物质文明充分发达的今天人们对精神生活的永恒憧憬,也是人类自产生以来的共同追求。

四、这是一道变形的风景

由于作家的追求不同,所采用的表现方法亦有别,有的侧重现实主义表现方法,有的善于运用浪漫主义技巧,所以小说产生初始即有志怪与写实两大支流,只是在文学发展的历史长河中,这两条支流往往呈现此消彼长的态势。浪漫主义一支,从《山海经》到《搜神记》,到清代蒲松龄的《聊斋志异》达到顶峰。但在当代,浪漫之风渐渐微弱,即使有,一般也不放在小小说里。正如生活的五味,阳光的七彩,读者的多层次、文学欣赏的多元决定了小小说作者的不同追求。让人惊异的是,在《武陵小小说经典》中,居然有人远袭小小说志怪的传统,用夸饰的手法以达到对现实作变形反映的目的。读者看这样的风景,就如看哈哈镜一般。

海蠡的《野人》即是该集中这一类的代表作。海蠡本名李晓海,是一位历史文化底蕴非常深厚、思维异常活跃的作者,且兼工书画。曾创作反映常德史前社会生活和辛亥革命烈士蒋翊武生平事迹的电影剧本《太阳城》和《蒋翊武》。《野人》中作者假借邑人赵某与好事之富翁敷衍成文。作品用文言的形式表现今人之事,篇幅短小而内涵丰富,赵某为获取百万奖金捉拿野人,几年如一日,虽九死犹未悔,最终反被人当作野人悬赏捉拿,作者虚构怪诞的故事以影射生活的怪诞。这个故事对当今媒体的胡乱炒作、有钱人的炫富以及类似赵某的愚蠢的执着,都有很深的讽刺。

在国外,也一直有描写神灵鬼怪的小说,但在当代,与我们不同的是他们的小小说善于融进许多现代科技元素,带有科幻色彩。如美国纳尔逊·邦德《来自奇怪方正体的声音》、贝雷特·科夫的《世界末日》，等等。这类作品的作者往往充分展开想象的翅膀，在对现实理解的基础上，对人类未来图景做深刻呈现，以达到警示世人的目的。

国外的作者有时也用一种夸张的手法对现实做变形的反映，比如欧·亨利的《忙碌的经纪人的浪漫史》，在经济空前繁荣、股票成了股民心情晴雨表的今天，人们读这篇小小说，会获得深刻的启示。

五、这是一道精美的风景

这道风景不同于气势磅礴的高山大川，它是山间蜿蜒曲折的小溪，清清浅浅，而又在尺水之中，巧兴波澜。因此，微型小说更讲究构思的精妙。

小小说因为篇幅的限制，所以作者借用绘画中的留白艺术，运用空缺和省略形成作品的张力。比如马克·吐温《丈夫支出账单中的一页》，只有七句话，不到一百字。它选取的是丈夫账单中的一页，反映的却是美国当时的社会生活，并从这一出普遍的家庭闹剧中呈现生活的本色与情感的本质以及人性的原本状态，形式独特而余味隽永。

正如雷蒙德·卡佛所说："是什么创造出一篇小说中的张力？在一定程度上，得益于具体的语句连接在一起的方式，这组成了小说里的可见部分。但同样重要的是那些被省略的部分，那些被暗示的部分，那些事物平静光滑的表面下的风景。"

有时作者会精心安排情节，比如《猎狮》，虽然全文仅一百多字，但情节曲折，意外连连。或有如欧·亨利式的出人意料的结尾，收到像小品一样让人"吃惊"的效果。

由于小说产生之初就是记录的"残丛小语"，所以精巧的布局也是其与生俱来的美学特质。比如《绿窗新话·越州女姿色冠代》，仅六十余字，有环境的展示，故事有开端、经过、结局，情节完整而又一波三折，跌宕起伏。一个好色而残暴的封建帝王形象呼之欲出。

该集中欧湘林的《野味》的构思也很见功力。正如清人刘熙载所说："短篇宜纡折，不然则味薄。"（《艺概》）《野味》行文曲折有致，富有余韵。

庐山面目纵横看，横看成岭侧成峰。峰峦迭起，千姿百态。但是无论纵向溯源还是横向比较，无论分析其思想内容还是评价其艺术技巧，无论抽取其共性还是剖析其个性，目的只有一个，那就是在总结小小说创作经验的同时，探索小小说未来发展的道路，即继承，借鉴，融合，创新。

常德已成为全国小小说重镇

——《常德优秀小小说选》序

杨晓敏

2010年秋天,我曾受邀赴湖南常德参加一个以小小说为主题的文学联谊活动。在会上座谈交流的时候,我对常德的小小说创作现状提出了一些建议:一是成立常德小小说学会,二是编辑出版常德的小小说作品精华本,三是争取在常德建立一个全国性的小小说创作基地。时隔数月,小小说作家兼组织者戴希先生就致函于我,说在有关领导的支持下,已编选好《常德优秀小小说选》,邀我为之作序。这是一件令人开心的事情,我当然愿意借此机会为常德的小小说叫好,也为常德的小小说作家们加油鼓劲。

当代小小说已经成为一个充满朝气的大众文化现象,形成了巨大的公众辐射面和社会影响力。最近几年来,当代小小说创作领域呈现出一些新的发展态势,其中一个有趣的现象是:全国不少省、市相继成立了专业的小小说学会、沙龙、联谊会、艺委会和创作基地等,通常以一两个创作上有成就、社会上富于影响力或有公益服务态度的作家为中心,联结一定区域范围内的小小说作家和文学爱好者,以团队的方式组织活动,他们办笔会,搞研讨,推精品,扶新人,编选集,联系各种发表载体,营造出一种民间自发性的良好文学读写氛围。比较典型的有河北的小小说作家群、广东的惠州作家群、广西的北部湾作家群、浙江的群岛作家群、江西的抚州作家群、河南的豫西作家群等。而在三湘大地，在沅江之畔的桃花源故里，还有一个作家群体同样值得引起业界关注，这就是常德小小说作家群。

常德称得上中国的小小说重镇之一。常德市经常创作发表小小说的作家多达数十位，被《小说选刊》《小小说选刊》《微型小说选刊》等转载或入选过全国权威选本的就有近二十位，其中白旭初、伍中正、戴希等多次在全国性的小小说大赛或年度评选中获奖，他们的小小说多次被收入《中国小小说典藏品》《中国小小说五十强》《中国小小说名家档案》等精心打造的丛书。在常德这一拨小小说作家中，欧湘林、白旭初是出道和成名较早的两位，其代表作品分别为《红嘴儿》和《农民父亲》，都带有鲜明的时代烙印，交织着新旧观念的碰撞，是特定的社会变迁大背景下乡村世界的一个缩影。他们的创作实践，对常德地区小小说作家群的形成，起到了非常重要的拓荒和引领作用。伍中正是新乡土叙事的高手，他的作品如《籽言》《鱼算个啥》《周小鱼的爱情》等，语言简洁而有质感，行文如诗歌般空灵跳跃，注重抑扬顿挫的音乐节奏，同时，在内容上擅长抒写性情、性灵，表现人性美好的一面，塑造了一系列诗意化地凝聚着湘西北地域文化美质和风韵的小女子形象，往往能营造出楚文化那种内含酸涩依然明丽阳光的闲淡意境，已然形成了自己"乡村牧歌"般的独特文学风格。戴希是常德各类小小说活动的主要策划者和组织者，但他并未因此在创作上放松对自己的要求，他的作品，题材宽泛，视野开阔，大凡市井杂谈、机关逸事、历史典故、家园亲情，均能在他笔下渲染成文，并自得其趣、其巧、其真，代表作有《羊吃什么》《每个人都幸福》等。刘绍英出版过长篇小说与散文集，写小小说只是偶尔为之，她的"澧水风情系列"如《渔鼓》《苇叶青青》等，将地域文化特征、民间乡土气息与特定的时代思潮较好地融合起来，保持了较高的文学品性。袁雅琴是常德籍人，曾参加鲁迅文学院第三届中青年作家高级研讨班的学习，现为厦门文学院签约作家，她的作品如《隔音玻璃》《伐木的兄弟》等，善于将笔触深入人物内心世界，以关注人物的命运遭际和书写碎片式的人性见长，具有直逼人心的艺术穿透力。在年轻的作者中，江薛以《狗娘》《雪下得那么深》《别说我狠心》等作品备受好评。他以80后的全新视角，以与当下文学合拍的叙述方式，将他的所见所闻、所思所感艺术地传达出来，体现出了他这个年龄少见的圆熟与练达。当然，这本作品集本来就是优中拔萃，精心遴选而成，其中还有许多闪光的篇什，如少鸿的《生命的颜色》、胡逸仁的《布谷》、罗永常的《逃逸的鱼》、聂鹏的《兵儿在外》、许申高的《别饿坏了那匹马》、郭慧明的《画坛三老》、杨徽的《不缺钱》、唐益红的《蓝印花布》、毛雅琴的《我要做你永远的眼睛》等，都是值得细细品读再三回味的。

　　小小说是一种自觉体现读者意识的文学样式。她篇幅精短，结构简约，为大众所喜闻乐见。小小说置身于人民大众的文化姿态和平民视角，能更好地表现人民群众的日常生活和情感理想。小小说是一种以人为本、以民为本的文学形式，让人能读到大千社会的细微角落，读到身边生活的林林总总。几十年来，中国当代小小说经历了这样的一条成长轨迹：从二十世纪八十年代初的萌芽发轫，到九十年代的拓荒探索，再到新世纪的逐渐成熟，一种新文体的迅速崛起，让整个文坛为之瞩目。2010年2月28日，中国作协公布了第五届鲁迅文学奖评选条例，正式将小小说文体纳入评奖范畴。可以预期，未来的几年仍将是小小说加速发展繁荣的最佳时期，小小说作家们将大有可为。《常德优秀小小说选》选优拔萃，它的出版发行，无疑会对众多小小说写作者起到一种嘉勉和鼓舞的作用，对一个地区的文化建设也是一种辐射性的亮丽名片。我也期待常德的小小说作家们，在创作中能多融入一点"心忧天下，敢为人先"的湖湘文化气派，多创作出一些彰显时代风貌、人文情怀和个性色彩的精品力作，进一步推进常德小小说的繁荣和健康发展。

小小说的创作群体与艺术个性
——常德市武陵区小小说作家群论

刘海涛

常德市武陵区有一个小小说创作群体，二十多年来执着地把小小说创作当作建设文化强区、文化强省，当成培育国民文化素质、提升民族文化品格的事业来经营，取得了令全省、全国的小小说界和文学创作界瞩目的骄人成绩。这个小小说创作群体中充满创作活力和潜力的作家多达四十多人。他们的作品被《小说选刊》《小小说选刊》《微型小说选刊》《微型小说月报》等全国权威文学选刊转载，入选《新中国六十年文学大系》《中国新文学大系》《21世纪中国最佳小小说2000—2011》《中国微型小说百年经典》《中外经典微型小说大系》等全国权威文学选本。在全国有较大影响的小小说作家有欧湘林、刘绍英、杨徽、聂鹏、夏一刀、毛雅琴等数位。白旭初、伍中正、戴希差不多成了全国的小小说获奖专业户，他们多次在全国性的小小说大赛或年度评选中榜上有名。他们的小小说《中国小小说典藏品》《中国小小说五十强》《中国微型小说五十强》《中国小小说名家档案》《百年百部微型小说经典》等的出版方阵。戴希还被评为"2012年中国小小说十大热点人物"之一。文学界一批重要的作家、理论家、评论家，如林非（中国鲁迅文学研究学会会长）、陈建功（中国现代文学馆馆长）、杨晓敏（河南省作协副主席）、郏宗培（中国微型小说学会会长），以及李运抟、顾建新、雪弟、凌鼎年、高长梅等都对武陵区的小小说创作给予过较高的评价。美国的穆爱莉、日本的渡边晴夫等海外大学教授也在研究和推介武陵区的小小说。武陵区已成为全国小小说重镇，其影响辐射美国、日本等全球三十多个国家和地区。中央电视台和《文艺报》《湖南日报》等新闻媒体均对武陵区的小小说创作群体做过报道。

在当地文联、作协的启发引领下，武陵区的小小说作家在创作之初就立志要写出在全国有特色、有影响的精品力作，立志要当全国的小小说名家。他们勇于探索、大胆创新，向中国小小说高地发起"集团冲锋"，取得了不菲的创作业绩。欧湘林、白旭初是出道和成名较早的两位，他们坚持小小说创作近三十年，代表作《红嘴儿》和《农民父亲》，是用小小说文体反映中国农村深度转型、真实揭示新旧观念碰撞的精品佳作。他们的创作实践对武陵区小小说作家群的形成有重要的推进和引领作用。伍中正是新乡土叙事的高手，他的作品如《周小鱼的爱情》《籽言》《鱼算个啥》等，擅长用小小说的构思方式抒写性情、性灵，表现人性美好的一面，塑造了一系列凝聚着湘西北地域文化特质和风韵的小女子诗化形象，营造出楚文化那种内含酸涩依然阳光明丽的艺术意境；他的小小说语言简洁而有质感，叙述如诗歌般空灵跳跃，注重了抑扬顿挫的音乐美节奏，已然形成了自己"新乡村牧歌"般的独特文学风格。戴希是这个小小说群体的主要策划者和组织者，他的创作题材宽泛，视野开阔，大凡市井杂谈、机关逸事、历史典故、家园亲情，均能在其笔下渲染成文，并自得其趣、其巧、其真，代表作有《羊吃什么》《每个人都幸福》等。刘绍英的"澧水风情系列"，如《渔鼓》《苇叶青青》等，将地域文化特征、民间乡土气息与特定的时代思潮较好地融合起来，体现了较高的文学品性。聂鹏的《兵儿在外》、杨徽的《不缺钱》、唐益红的《蓝印花布》、毛雅琴的《我要做你永远的眼睛》等，都是值得细细品读、再三回味的优秀作品。正是在武陵区四十多位小小说作家的抱团冲击之下，武陵小小说现象已经形成，小小说成了武陵区的文化品牌和文化名片，引发了全国小小说界及文学创作界的高度关注和重视。

戴希的"小小说三题"在题材类型、故事形态上跨度很大，从历史帝王到当代平民，从寓言新编到纪实叙述，我们好像一下子还弄不清楚戴希把这三篇文体形态大不相同的作品排列在一起的创作意图。其实，这"三题"小小说在作品立意的表达艺术上，我们可清晰地辨析出戴希小小说创作的构思格局以及基本文脉。

《鹞鹰之死》借唐太宗听进了魏征和长孙皇后的进谏后而改变了"玩物丧志"的生活方式的故事，点破了一种"以铜为镜正衣冠，以古为镜知兴替，以人为镜明得失"的历史哲理，这条历史哲理是今天正处在"战略机遇期"和"民族复兴期"里的中华民族迫切需要的。《龟兔紧紧地抱在一起》在改编"龟兔赛跑"寓言上有两处创新的续写：兔子不服陆地赛跑输给乌龟，提出重赛，吸取失败教训后兔子赢了乌龟；乌龟不服，提出在水路上赛跑，乌龟发挥了自己的长处和优势击败兔子；而此刻的兔子不服，再次提出陆地和水面同赛，于是出现了：在陆地上乌龟爬上了兔子的背，在水路上兔子又爬上了乌龟的背，故事的结局和立意豁然——"双赢"。这则改编的新寓言表达了一种立意的新内涵：在今天的信息时代和生活方式上人类只有和谐、合作的共事才能共赢，这仍是今天的人们迫切需要的一种新的生活理念和价值观念。而在《祸起萧蔷》这个现代生活故事里，作者用纪实的写法，不仅仅是讽刺了生活中那一类"权力欲至上"的人，更写出了权力超越家庭、爱情、伦理的超常能量，这种批评与讽刺通过一个饶有风趣的夫妻"对攻"故事而表现出了小小说情节的多重反转和小小说作家的构思智慧。

戴希通过不同形态、不同题材的小小说故事揭示出高质量的、与今天社会主义主流价值观相吻合的小小说立意，在艺术传达的过程中还显示出一种可以归纳、讨论的小小说立意的表达技巧。这三篇小小说在作品的高潮出现之前，即在作品立意被点破、被暗示之前，都经历了一种小小说艺术的延宕和铺垫。《鹞鹰之死》在唐太宗转变之前，充沛地从不同角度写魏征和长孙皇后，并逐渐增大"劝说场面"的描写分量，这两个情节的延宕叙述使唐太宗的转变合情合理，于是小小说的立意顺理成章地在篇末借唐太宗的口点破，读者在阅读的瞬间顿悟了。《祸起萧蔷》其实也连续转了两次一百八十度的大弯：主人公升副处长公示了，但老婆和慧到纪检告状把升迁之事砸了，这是第一次突转；主人公改变了和慧的想法和做法，这是第二次突转，到了作品结尾又回到原点，升迁失败返回原状，讽刺的力量因故事的结尾回到故事的开头而骤然产生。小小说情节的两次变化，使小小说故事在短小的篇幅中得到丰满的、有情趣的描述，小小说现实感较强的立意至此水到渠成地做成了。《龟兔紧紧地抱在一起》的两次故事大转变更为明显，从乌龟赢，到兔子赢，最后是乌龟、兔子双赢，每一次转折都为作品的哲理立意的形成积累一次艺术的能量。

由此看来，戴希小小说的立意艺术很有智慧含量，他很懂得今天的小小说就是"立意的艺术"。一方面注意作品通过不同题材、故事、人物的描写，提炼现实感、哲理感很强的立意。另一方面，通过符合小小说文体特点的构思、叙述以及情节的提炼、布局，让小小说的高质量立意在小小说文本上真正艺术地立起来。

伍中正的"小小说三题"集中写某类农民的个性和意识，他笔下的农村题材的故事和农村人物的个性，是以往农村题材作品中较少出现过的，几个农村人物依托某个事件表现出来了偏执的个性。作家除了极为真实地描写之外，还展现了一种很机智的小小说对人物个性丰富、微妙的审智、审美以至是审丑等不同的情感褒贬方式。

《还我一只羊》表面上讲赵梨死活不愿意签拆迁房子的协议，拆迁组长束手无策，通过陈果了解也得不到赵梨不签的原因，最后通过邻居池禾才得知，只要村主任还回他为拿到建房证而付出的那只羊他就签协议。这个小小说人物的行为动机出乎我们的意料，正是这样的出乎意料的"因"，才让赵梨这种"农民式的执着"的"果"鲜明地跃现纸上。客观说，这种"农民式的执着"表面上看能博读者一笑，背后却让人的心情格外沉重。它一方面让读者觉得这种"执着"可以肯定，另一方面这种"执着"却是为了"个人的、眼前的、琐碎的"执着又让读者可以否定。恰恰是这种肯定与否定交织的复杂情感，才使作家让今天的农民的形象真实地浮出。在《惊蛰》里也写出三桂那种"农民式的执着"，他因为一而再、再而三不能在施工队长那里兑现到二百元的"棉树欠条"，竟然拿刀砍了施工队长。这里的"农民式的执着"已开始走向了反面，否定的情感评价主导了整个作品的立意。有意思的是，在《废窑》里，对长鱼的"农民式的执着"的情感评价也走向了另一个极端，作家肯定这种"农民式的执着"情感并向欣赏、赞美的方向发展了。长鱼坚持住废窑得到的好处，他没有一个人独吞，而是全部回馈村里和原来的窑主人牛尾。作家终于让我们看到，在农民个性的真实描写上，作家并不预先规定立场，当作家把三个农民的相近、相同的个性写活后，就顺应读者的思维和审美的阅读，让读者自己做出或肯定，或否定，或既肯定也否定的审美评价来。

伍中正的农民"小小说三题"用小小说的构思方式，发现并抓住了"农民式执着"的性格元素，用不同的情节在不同的故事情境中写活了今天某类农民的真实形象，甚至我们可以把赵梨、长鱼、三桂共同看作"小小说中的陈焕生"，如果这种理解能够被接受的话，那么可以说伍中正写农民个性的小小说达到了难得的深度。特别是作家在写活赵梨、长鱼、三桂的性格元素和性格个性时，所表现出来的对人物个性分别采用审智、审美、审丑的不同的情感评价，创造了阅读小小说人物的未知结构，激活读者并引导读者想象出、补充出作家暗示给我们的小小说立意来，可以肯定这是小小说人物的机智写法。

白旭初的"小小说三题"有两篇写农民。这两篇写农村题材和农民性格的角度不同。《承诺》从一个成长中的干部米副县长的眼中和心中去发现和感受"留守的老年农民"对亲情、家庭的渴望。那么老婆婆死时紧紧攥着米副县长给的五十元的细节，典型地概括出如今"留守老农"的生存状态和情感状态。这个核心细节很有概括力量。而米副县长看望老婆婆而不成的情感活动是真实的、富有感染力的。《农民父亲》是从儿子的角度来写出"留守农民"对土地的执着和依恋。农民父亲一生与土地不可分离的情感描写，既写出今天中国农村存在的某种生活的矛盾与困惑，也很有艺术力量地概括出"农民与土地不可分离"的现状和困难。这种"二律背反现象"的发现和表现，促进了读者的深入思考，读者不能简单地、黑白分明式地或肯定或否定这种"农村和农民"的生活状态。

可以把白旭初的这两篇写农民的小小说理解为作家也写了一种"农民式的执着"。《承诺》是老婆婆对亲情、家庭的执着渴望；《农民父亲》是老农民对土地的执着依恋。在中国农村走向改革、转型的城镇化的过程中，这种肯定或否定交织的"二律背反现象"很有概括性。小小说敢于写出中国农村和农民这种"复杂交织"和"最后一个"形象，证明了常德小小说作家在农村题材的小小说创作中所能达到的立意的深度和广度。

常德小小说作家在农村农民题材的作品立意上通过"小小说立意的未知结构"，不那么明确、明朗的小小说作品的立意指向，有意识创造这种小小说立意的"多义结构""空白结构"，充分把小小说阅读的审美评判权交给读者,让读者根据自己的阅历、知识、认知来想象小小说立意的深层结构,这是小小说作家的机智构思法,也是小小说文本的优势所在,还是小小说读者阅读的情趣所在。

(原载《创作与评论》2013年9月上半月刊)